JN102916

ぼーっとすると、よく見える

――統合失調症クローズの生き方

あべ・レギーネ

ラグーナ出版

表紙絵／あべ・レギーネ
装　丁／山元　由貴奈

読者のみなさまへ

この本は、私が十八歳頃、大学受験のあたりを機に精神病を発症し、「統合失調症」と診断される前と後、精神科治療が日常となっている生活、人とふれあいたいけれどその手前でたゆたっている状況、そのなかで必要に迫られ働く場所を試行錯誤の後に見つけた経緯などをつづったものです。苦手なコミュニケーションに苦労しながらも自分なりに楽しんでいる暮らしのことも振り返りました。

何十年も精神的な病となんとか折り合って生きてきました。現在はそれに加えて体の病気、乳がんも患うこととなりました。幸い早期発見だったので、自覚症状もないまま手術も無事に終わり、放射線治療に通うなか、素敵なことが起こりました。治療はベッド状の機械の台に寝そべって行い、上から照射器が下りてきます。台に横になると、その両側から放射線技師さんたちが二人組で私の身体の位置を調整します。私の上半身にマジックで大きく印を描き、それを目印に声をかけあいながら見事なチームワークで微調整していくのです。そんなことを二十五回繰り返すうち（照射治療は基本二十五回）、本書で述べているように、私は苦手だった三人のチームワーク、二人の人の間に入っていく方法のコツをなんとなく体得することができました。人の集まるところ、三人以上の集団での居場所を見つけるのがとても苦手な私でした。人生何が幸いするかわかりません。

徐々に、そして新鮮な驚きに満ちて、私の人生は開けていきました。長いトンネルを通っているような思春期。それに続く、周囲の誰彼が花開き活発に活動している時期にあって、自分だけが体調、頭の調子が不良と悲観する時期を越えたところに新しい景色が現れてきました。思いがけない転機、それも追い詰められるごとにハラをくくることで、まさに私の人生はことあるごとに思いがけず転がりました。それ以来私は、遅まきながら自分の人生を自ら転がして生きている実感があります。

人と人とでつくる社会に入っていくのが難しいと感じる人、この社会で生きにくいと感じる人、対人恐怖症の人、統合失調症などの精神病で一般には想像のつかない苦しみのなかにいる人、病者の家族、また精神医療に関心を持つ一般読者の方々にこの本を読んでほしいと思います。少数派として生きざるを得ない状況で、人生の答えを自ら見つけなければならないとき、周囲の人々や世間の価値観の影響から自由になる必要があります。なかなか難しいことですが、この本のなかにそのためのヒントを見いだしていただけたらと思います。

私は「統合失調症」ですが、おそらく、コミュニケーションの上では「発達障害」にも該当するのではないかと思います。本の中ではずいぶん生意気なことを「抜かして」いますが、いろいろなことができないくせに「生意気」なのが私なのです。けれども、そこには、普通に生きていたら味わえないような、私にとっての「お宝」的体験の記録が、地中に眠る宝石のくすんだ原石のように散らばっています。それらが、意外と皆さんが生きるための何かのヒントになるかもしれないことに免じて、どうぞお許しください。

また、私は精神障害者ということをオープン（開示）にせず、自分の胸にしまったクローズ（非開示）状態で仕事をしているため、自分一人の中で増す緊張感というものもあります。人知れず障害者として生きる毎日ではありますが、その生活の中でも、「鳥」に関わるときだけは、いっぱしの「趣味人」として振る舞うことができます。「とにかく働くように」という家族の心理的な「強い」干渉で、「ひきこもり」になることは許されず（結果的にはこれがよかった）、働くことを諦めずに模索し続けたことが幸運を呼び、「鳥」と出会ってバードウォッチングの世界を知り、ひいてはそれが環境調査の仕事に結びつくという、ありがたい結果になりました。

鳥を見る時、ぼーっとして視野を広く取ると、かえって素早い鳥の動きが見つけやすくなります。私の闘病の極意はまだ、この「ぼーっとする」境地には達していないかもしれません。

けれども、現時点での生きる秘訣・目標としてタイトルにしてみました。全編を通してこの言葉を味わっていただけると幸いです。

ぼーっとすると、よく見える——統合失調症クローズの生き方——目次

読者のみなさまへ　3

第一部　治療のある暮らし

第一章　症状と診断　13

第二章　主治医との治療関係——アザミ先生　27

第三章　主治医との治療関係——ホンソメ先生　55

第二部　仕事のある暮らし

第四章　仕事の選び方　81

コラム　福島記　92

コラム　離島へ　96

第三部　暮らしを振り返る

第五章　病を得る前・得た後　103
第六章　世に棲む（日常生活の彩り）　117
第七章　仲間と社会　143
コラム　イタリア記・覚書　149

いろはかるた（統合失調症のやりすごし方）　160

あとがき　171

第一部　治療のある暮らし

第一章　症状と診断

統合失調症の症状として、人が自分の「ウワサ」をしていると思ってしまう、というものがある。常々この症状には悩まされてきた。症状のいちばんひどいときには、道行く人を含めて住んでいた街全体が私のウワサをしていると思ったし、東京の山手線の電車に乗ると、降りる時まで人々が車内で私のウワサを語り継いでいるという錯覚に襲われて恐怖した。思えば、この症状は、「私と他の人すべて」が対立する構図になっているが、どうしてこういうことになるのか、少し考えてみたい。

人は身近な人間関係の心の機微を表現するため、言葉にその論理上の意味の他に感情や気持ちを表すための意味を込めて話すが、これはだいたい何歳くらいからできるのだろうか？　私は三十歳を超えるまで、人がそういうことをしていることに気付かなかった。突然、二重の意味の世界に放り出され困惑した。

そのことに気付くきっかけはこうだった。私の下宿に遊びに来ようという知人がいた。料理を作って出そうと考えていると、その人が「でも、あなたの家には鍋や釜がないでしょう？だから何も作らなくていいわよ」と言ったのだ。私の下宿にも鍋や釜、フライパンなどは揃っていたし、私がよく料理をしていたことをその人も知っていたはずである。それなのにこの発言があったということは、こう言うことによって私に何かを伝えようとしていたと考えた。私に「何かできないことがある」と思っていて、それを見越して知人は「やらなくていい」と言っているのだと理解した。知人は言う。「○○さんのところには料理道具が揃っているわよ」。私は○○さんを思い浮かべる。この場合の料理道具とは、人間関係をさばいていく言葉の抽象能力を指しているのでは？と思った。

また、バードウォッチングの会でも同じようなことに気付いた。会話しながら鳥を見ている人たちの言うことを聞いていると、しばしば、私の見ている状況と違うことを言っている。「木の枝に止まっていた鳥が飛んでいなくなった」と聞こえて、私がそちらを見ると、鳥は止まったままである。「赤い鳥がいないね」と言う人の声を聞きそのあたりを探すと、赤い背のベニマシコがいる。会話している人には相手がいるわけで、皆どちらかと言うと、その会話相手との関係の中で言葉を発しているので、目に見える客観的事実がどうであるかということを、私ほど気にしていないのである。もちろん、私に見えている鳥が他の人に見えていないことも、他の人に見えている鳥が私に見えていないことも当然ある。けれども、私が重視するほど人は客観的事実を重視しない。また、他の人が重視するほど私は人間関係を重視する言葉使いを知らないで生きてきた、ということは言えそうだ。私には二重に聞こえる意味の中で、混乱は続く。

私にとって「赤い小鳥」は謎の言葉だ。赤が女性を指す？　小鳥は若い人を指す？　赤い小鳥がいないということは、女の人が実際にいるのに存在感がない、ということ？　あるいは私が女らしくない、という非難？　私が若くないから男性陣は不満？　被害妄想的に際限なく考えが巡るが、皆が言葉を何気なく使う間に私はこんな風にぐるぐる考えてしまい、言葉がかえって出なくなってしまう。皆が何を求めて言葉を発しているのかがよくわからない。私にわかるのは、ただ見えているままを言葉にしている自分の言葉が宙に浮かんでいることだけだ。

こうして私は、何度も集団に入り損ねてドロップアウトした。職場でも、趣味の世界でも、生まれ育った家庭でも、つまり、三人以上の人間の集団ではどこでも。

それは、私が何も感情を表に出さないまま、二十歳くらいまで過ごし、言葉で自分を表現したり、自己主張したり、人と共感する経験を持たなかったことによるのだろうか？（三十歳を過ぎて、コミュニケーションの不思議な世界に入門したのだが）。これは極端な推測で、実際はそれなりに友人もいたが、それでも一対一でなく三、四人で話すとしばしば、その会話の流れに入ることができなかった（今でも職場で「何を言っているのかわからない」と言われることがあるし、そう言われたのも一度や二度ではない）。

学校ではあまり友達と口をきかなかったが、ペーパーテスト上では優等生だったので、先生方には気付かれなかったのではないだろうか。その一方で、その時々の「やらなければならないこと」（たとえば、勉強や家の手伝い）には常に従っていた。社会人になって、社会的コミュニケーションが必要になり、いきなりそれができずに、困惑した。今でも会話の「仕組み」が完全にはわかっていないので、実際いつも困惑している。

困惑しているし苦手なので、わからないまま人と会話したくないが、私以外のほとんどの人が会話しているので、自分もしなければ、統合失調症の症状（人が自分のウワサをしていると感じる）が出てしまうだろう。だから渋々やっているが、あまりよくわからないことを、教えられることなく、しばしば間違った理解のまま続けるのは大きな苦労だ。

そこで私は、あるミニコミ誌上で訴えた。
「毎日コミュニケーションで苦労しています。統合失調症の症状からくるコミュニケーションの困難は、健常者の毎日の苦労と同じでしょうか？　それとも違うのでしょうか？　違っているとしたらどこが違っているのでしょうか？　（私の思考能力は少しはまともだと思いますが、この考える作業は精神安定上よくないので、短く切り上げます）。どうしたら楽になるのでしょうか？　何かわかる方がおられましたら、どなたでも結構です。どうぞ私にもお教えくださいお力をお貸しください」。

答えその一

「『病者』と『健常者』の体験は、重なる部分と重ならない部分がある」。それはそうだろうと納得。たとえば私の文章を読む際も、健常者は「どこが自分と同じか」に注目して読むそうだ。私の問いの文章では、「私の思考能力は少しはまともだと思いますが、この考える作業は精神安定上よくないので、短く切り上げます」の部分が自己主張があってよいとのこと。もうひとつは、末尾の「違っているとしたらどこが違っているのでしょうか？　お教えください」の部分は人と関われているからよい、とのこと。なるほど、私としても、この問いを発することができたことで、世界（世間）と関わることの第一歩が踏み出せたとも言える。

答えその二

「人はよく、見栄とかお世辞や通念概念のようなもので他人とのやり取りをします。私はそれを面倒くさいと思っています。他人の事を考えるのは難しいし、私にはわかりません。それより自分にとって良いことを考えたいと思います」（メールで寄せていただいた、日本モンキーパーク館長の講演「サルとヒトとの違い――サルは現状把握する能力が人より優れている。だが人の持つ想像力がない」の要約）。

このメールを受け取った私は、「統合失調症の状態はサルと同じ」といわれているのかと早とちりをし、「サルと同じといわれている（侮辱されている）気がしますが、気のせいでしょうね」と返した。しかし、よく考えてみると、私の問いにわざわざ答えてくれる方が、私を侮辱しようとしていると考えること自体がそもそも被害妄想かもしれず、とっさにそのことに思い当たらなかった。反省している。また、この方は当事者ということだが、私にわからないことが「見栄とかお世辞」という形にまとめられていて、私より進んでいる、うまいまとめ方をする人だなあと思った。この「見栄とかお世辞」ができれば、失職することもなかっただろう。

そして、「自分に良いこと」とは何か、考える材料をいただいた。

答えその三

「統合失調症の人は想像力が広い。だから作家という仕事がある。私は統合失調症と思われる作家の中で、カフカ、古井由吉、芥川龍之介が好き」。

このご意見は、耳に快いが、病者に対して少しロマンチックになりすぎているのでは？と心配になった。統合失調症病者のすべてが作家になれるわけではないし、作家のすべてが統合失調症ではない。個人的には身近に作家の標榜者がいたせいで、「世界で最もいい仕事は、作家になること！」という価値観と常に対峙し、そこから自由になる必要があった。文学が自らのアイデンティティーの確保になっていなかった私。文学との出会いは、世間の人々が抱いているほど輝かしいものではなかったのだ（現実的に、統合失調症の特異な能力は、作家という仕事に生かすよりほかなかったとしても）。

私がミニコミ誌上で投げかけた問いに対して、このようにいくつかの答えをいただいた。統合失調症になったことのない方々への問いとしては、答えにくいものだったと思う。それでも、私のために考え、答えてくれる方々があったことに感謝したい。私は孤独ではないかもしれないと思え、「病者」であっても幸せだと感じられるひとときだった。

私が、初めて統合失調症の診断を受け、ジプレキサという薬を処方されて、真面目に服用し続けて十五年以上になる。仲間のなかには、症状が重くなって入院する人や、処方された薬の種類や量がとても多く、休日も寝たきりになってしまう人がいる。薬をこんなにもたくさん飲まなくてはいけないものかと抵抗感がある場合も多いと思う。ところが私の場合は、それほどの抵抗感や不信感はなかった。長い間、自分の調子が何かおかしいとは思うものの、診断名もはっきりせず、クリニックを転々としていた。そんな時、S駅近くのマンションの一室でひとりで診療を行うP先生という精神科の医師が、私に統合失調症の診断とともに、ジプレキサという特効薬を一種類処方してくれた。P先生の言葉は、短くても的を得たものに感じられ、診療がいつも楽しみで、十年以上、信頼して通院した。患者的な性格を好むタイプの先生だった。その後、事情があって転院したが、今でも私の恩人だと思っている。「統合失調症」の診断名にショックを受けて、薬にも不信感が出る場合もあるかもしれないが、私の場合はハラをくくった。ショックでないことはなかったが、現実を引き受けて病気の状態を受容し、薬を飲んで治そうと自然に決意したのである。

ジプレキサという薬のイメージは、揚げたてのコロッケのようなきつね色。飲むと体の中に、突っかい棒が入ったように安定した。あまり落ち込むことがなくなった。とにかくぼーっとしてすこぶる頑健、ある意味鈍感になり、「ぶっても、たたいても死なない」と同僚に言われたこともある。一日に単剤一～二錠の服用は負担ではなかった。とにかく安心したい向きには、基本的にいい薬だと思う。しかし、長年の服用で、次のようなことが起こってきた。突然眠気が襲ってくることがしばしばあるようになり、映画を見ているといちばん要のところの記憶がなく、その時に限って爆睡していたり、図書館の机で勉強しているつもりが、机につっぷして眠っていたり、ひどいときには、職場で同僚に「眠っていても仕事が早い」と冗談で言われるくらい、作業の途中で我慢できない睡魔に襲われたこともあった。また、太りやすい、糖尿病になりやすい、などの副作用もあるので注意が必要だが、これらの副作用は今のところ出ていない。長く飲む必要があるだろうから、なるべく副作用のないものを、必要最小限飲んでいたい。

現在の症状で言えば、一日中職場に居ると、周囲の人にずっと見張られている気がして、注目の的になっている状態が続くように感じられる。なぜ私だけが？と不思議でもあるのだが、最近気付いたのは、その場の雰囲気にぴったりあった、「正解」のようなことが私に偶然「言えた」ときには、私を追いかけてくる声は消えているということだ。なんだ、「正解」が言えれば、皆放っておいてくれるのか！　しかし、うまく答えがわかるときの方がずっと少ない。皆が思い思いに放言している幼稚園や学校のようなところでは、言葉が凶器になって私を刺すので、自分は無言で何も言わないにもかかわらず、そんな場所にいると心が傷だらけになった。現在五十代後半の私だが、ようやく感情を表に出すことが少しできるようになってきた。その場所は職場という「表舞台」の上なので、皆は大人の俳優なのに、私だけ子どもの未経験者が舞台に乗せられてしまっているような状況になっている。

しかし現在は、薬の効果もあり落ち着いていて、自発的に始めたこともある。

歩いて行ける近所のスーパーマーケットで、パートタイマーで働いている。裏方として総菜をつくりながら、売り場に品物を出しに行き、「ただいま手づくりおにぎり出来たてです！　店内で一つひとつ丁寧につくりました。本日は梅と昆布です。どうぞお早めにご賞味ください！」「ただいまお出ししていますのは、ネタの鮮度にこだわりました握り寿司でございます。個数限定です、この機会にどうぞご賞味ください」と、売り込み文句を見よう見まねで自分なりに考えて言うのが、私の気持ちの突破口となっている。誰にやれと言われたわけではなく、自発的にやっている。きっかけは、店内放送がとても上手な、ユーモアあふれる副店長に刺激されたことが大きかった。私が売り込みをしていると、副店長は「俺も俺も！　仲間に入れて！」と、こっちが仲間に入れてもらっている方なのに、そんな言い方をして楽しんでくださる人だった。

これは誰かの迷惑になるわけでもなく、同僚にもとりたてて話題にされるわけでもない。どちらかというとお店にプラスになると思われるが、やれと言われてやっていることと違って義務はない。むしろ、店長も私の自発的行動をやめさせないように、気を使っているように感じる。何か注意されでもしたら、「じゃあ、売り込みやめますよ。いいんですか？」と開き直れる気がして、一種のアドヴァンテージ（有利な点）を持っている気分だ。もしこれが、お店の正式な要請として仕事に組み込まれてしまうと、成果が求められるし、実際の対顧客効果が問題にされて義務感に縛られ、面白くなくなってしまいそうなので、その手前でやめておくことにしている。「いつやるかわかりませんよ〜。でも、やるときはやりますよ〜」というスタンスの方が、同僚にも、お客さんにも開かれていて、新鮮な気持ちを保つことができる気がする。

管理側からすると、なかなか思いどおりにならなくて困った存在かもしれないが、私はもともと統合失調症という、社会にとっても自分にとってもいったんは「困った存在」であったので、それがこのくらいまで社会化されているのだから、許されていいのでは？という気になってくる。

私の売り込みは、しかしいかにもアマチュアかもしれない。けれども、「今日のお寿司は、特別に金のトレーに入っています！」といった私のアドリブに、「ただいまゴールドキウイがお値打ちです！」と、すかさずアドリブで返してくれる副店長は心強い味方だった。副店長が転勤してしまった今でも、そのことを励みに、やりたい時にやりたいように売り込みを試みている。もちろん、副店長は今でも他店舗でマイクを握ったら離さない勢いで、お店の売り上げに貢献しつつ自分の特技を磨いている、と噂が伝わってきた（これは私がいつも悩まされている「ウワサ」ではなく、私の知りたかった副店長の確かな消息である）。

閉じこもりたい気分と、人前で何か表現したい気分と。私にはその両方があって、その両方を満足させながら、何とか気持ちの平衡をとって働いている。そんなふうに考えると、健康な人も病める人も基本的には同じなのではないだろうか、と思えてくる。統合失調症の治し方があるとしたら、そこに目をつけるのはどうだろうか？　自分の考えていることが漏えいし、皆にすべてがわかってしまうと思ったり、秘密が保持できず苦しんだり、周りの人すべてが敵で四六時中ウワサされていると感じたり、とかく統合失調症は、周囲とのコミュニケーションの言葉の出し入れのバランス、情報の収支決算が困ったことになる。それは、脳内の情報伝達系組織が文字通り「失調」して「統合」できなくなるからだろうが、根本的に考えて、人間は閉じこもりたい気持ちと、人前で何か発表したい気持ちと両方あって、その欲求に従うことができるよう環境を整備していくことを考えれば、治療に向かって進むことができるのではないだろうか。それがいっぺんに解決できなくても、自分の中にそういう気持ちがあることをわかってあげようとするもう一人の自分がいれば、これほど心強いことはない。

第二章　主治医との治療関係——アザミ先生

かれこれ三十五年くらい精神科クリニックに通っている。その間、クリニックを何回となく変わった。その時その時の事情があった。だいたい、疲れやすい症状を抱えている患者が唯一弱みを見せてもいい場所が、相談するクリニックであると考えてはいけないものか。ずっと、そう考えて精神科にかかってきた。というより、余裕がなかった。溺れる者はワラをもつかむといった心境で、精神科はワラよりは断然頼もしいときもあったし、頼もしいと思えないときもあった。

精神科の医者の中には、患者の病的な性格を、健常者の性格よりも好む人もいて、そういう先生は、だいたい治療にあたるセンスも優れているのだが、仕事柄であっても、患者の心身の健康状態に興味を持ってくれるのが、私としてはうれしかった。思えば、精神科通院が嫌でたまらないということは、今までそんなになかった。患者的な性格を好むタイプの先生と短時間会話することが、楽しみなこともあった。けれども……。

今日も一か月に一度の精神科クリニック通院の日がやってきた。行ったり行かなかったりの期間を含めて、その時々でさまざまな精神科に通ってきたが、今回の先生のような人は初めてだ。口を開けばとげのある言葉の、アザミの花のような葉のような先生を、「アザミ先生」と名付けることにする。

何を話していいのかわからない。現在の寛解状態（症状が安定していて外見はほぼ治ったのと同じ状態）の私が、普通の健常者らしく振る舞うのは、やってできないことではない。頑張れば、目の前の勝気な女医さんに何とか話を合わせることも、雰囲気的には可能だ。けれど、今日はとても疲れている。このドクターに対しては、話をしてもあまり通じない感じがして、毎回空しい思いを抱いて帰ってくる。あるいは、相手の気にいるような元気な私を精いっぱい演出して帰ってくることもあるが、そんな時はドッと疲れてしまう。力を抜いてありのままでいると毎回空振りだ。人と人なんて、そんなものなのだろうか？

私が精神科通いをやめて、社会にそのまま組み込まれていってもいいように、神様が与えてくれた「不可解な、または無味乾燥な会話」という一つの試練なのだろうか。しかし、統合失調症という病気にかかった私にとって、問いは続く。薬は一生飲み続けなくてはいけないのか？そして薬をもらうため、精神科には一生かからなければならないのか？　それなら、貴重な時間は楽しい方がいいと思うのが人情では？

現在の自分の状態としては、いろいろなコミュニケーションの渦中に投げ込まれ、断片的にうまくいくことも時にはあるが、心身の基礎体力が足りないせいか、会話が破綻してしまうことが多い。周囲の人が私のコミュニケーション力の稚拙さをかなり理解してフォローしてくれるが、職場でそんなことが続けば、人の好意に甘えてばかりの私から人々は去っていくかもしれない。人の好意の持続する間に、何とか会話の仕組みを理解したいのだが、やはり私には毎回難しい。どうしたら会話術を学べるのだろうか？

ほかの人の話す内容に対して、私自身がもっと関心を持てばよいのだろうか？　けれど、人に対して個人的な関心を持ちすぎるのもトラブルのもとだし、対人恐怖のため、人に対して関心を持たなくなるのもトラブルのもとだ。隣の人と同じような心の体温を持たなければ、わからないことがたくさんあるようだ。

けれど私は、誤解を恐れずに言うと、〝心の体温が低い〟。そのため、人と身を寄せ合って温まることが難しい。おしくらまんじゅうでも、体温が低い人が交ざっていると嫌がられるのではないか？　でも、初めは体温が低くても、人の中に入って少しずつ温まれば、人並みかそれよりちょっと低いくらいには温まるのではないか？　本当は、真ん中に入ってぎゅうぎゅう揉まれるのが、いちばん早いのかもしれない。けれども、実際にそうすることはとても怖い。それでも、トカゲやヘビやカエルに生まれたわけではなく、哺乳類という高い体温を保つ恒温動物の端くれなのだから、何とかならないものだろうか？　体質はある程度仕方がないのかもしれないが、漢方薬でも気長に飲むつもりで体質改善に努め、半分は諦めて、半分は諦めないで、会話してみよう。健常者ほど上手にはできないかもしれないけれど、人の心に「会話」で橋を架ける練習を、今日も（元気があったら）してみよう。目の前の先生に向けての私の努力が、社会への扉を開く手助けをしてくれるかもしれないと淡く期待して。

今日は一か月に一度の精神科クリニック通院の日だった。比較的元気だったので、アザミ先生からそれほどダメージを受けることなく帰宅することができた。けれども、やはりちょっぴり心がささくれだっていたかな？　でもまずまず。

今日の診察では、あまり話したくないことについて、揚げ足を取られないように用心しながら近況報告。二、三日尾を引くような事件もあったけれど、深くつっこまれないように気をつけて話したら、アザミ先生の興味を引かなかったらしく、とくに触れてこなかった。ただ、「出張先で、お酒の席に誘われたときに断った」というくだりには反応があり、「お酒を飲むと酒乱になるの？」と聞かれた。「学生時代には結構飲みましたが、先生もご存じのとおり、今の薬はお酒を飲むと気分がよくないので飲みません」。何だか、治療のための質問というよりは、完全に興味本位だ。

いちばん困っていることを、この人には相談できないのである。一か月に一度の通院と会うのも間遠だし、その間に他の人に電話で話したり、自分で何とかしたりして解決済みなので、あえて話さない方がいいのである。何より心弱い者に対する思いやりがなく、病気に対して勉強しようという意欲やセンスもないので、困り者だ。人生経験も豊富というよりは、自分の周辺のことしかわかっていない。恐らくは、お金で苦労したことがなく、家柄も一族お医者とか、父上がお医者とかなのだろうか。恐らくは結婚していて、お金のために医師の仕事をする必要もない。大っぴらには言えないだろうが、文章を書くのも読むのもおっくうそうだ。私が、「『昆虫記』を書いたファーブルと誕生日が同じ」と言うと、「『シートン動物記』は子どものころ何度も何度も読んだが、ファーブルは何だかよくわからなかった」とおっしゃっていた。何だかそれが唯一の読書体験みたいな……。

一方で、アザミ先生の美点発見。良くも悪くも正直である。

いつも私は、先生にわかりやすいように、「病状」を極端に単純化して話す。「私には、あべさんのどこが普通と違うのか、わからない。もっと困っていて、問題ばかり起こしている人もいる」と以前おっしゃっていたので、単に「話すのが苦手です」とだけ伝える。

「知人には、あなたはKY（「空気読めない」の略語）だから、話すのを諦めて、ただ黙ってにこにこしていなさい、と言う人もいます。でも、KYだから話すのを諦めればそれで済む、という環境に私はいません。KYだからと言えば、話はわかりやすくなるかもしれませんが、それで問題が解決するわけではまったくないんです。私の置かれている状況は、家庭環境といい、苦労して探し出し編み出した職場環境といい、KYだから話さなくてもいい環境ではなく、それを放っておいて無言でいれば、また人が自分のウワサをしていると妄想することになるのがはっきりわかっているので、何とか話せるようになる方向でしか解決の道はないと思っています」。

それから、「前にかかっていた先生は、診察中に会話の練習をさせてくれていました」と言ってみる（「ブリーフセラピー（問題の原因を個人病理に求めるのではなく、コミュニケーションの変化を促して問題を解決していこうとする心理療法）」とは言わない。患者が専門用語を出して医者が知らないとかわいそうだから）。

「えっ？　診察中に？」と驚くアザミ先生。やはり話してみてよかった。アザミ先生は、診察中に会話訓練をするという意識はまったくなかった、ということが判明した。前の先生とは雲泥の差だが、私は恵まれすぎていたのだ。私が不満に思い、時に傷ついて帰るのも無理はない。相手に会話による治療の意識はまったくなく、間違った思い込みを解きほぐす認知療法をするでもなく、生のままなのである。

「たとえばその先生は、人がウワサしているように感じたときは、携帯電話で話すふりをしてその人に近付き、相手が本当は何について話しているのかを確かめなさい、と教えてくれました」。

「それ、本当にやってみたの？　変じゃない？」とアザミ先生。やはり正直だ。

「ええ、やってはみませんでしたが、そういうときに人から逃げるのではなく、近付いてみるという考えもありかな？と思いました」

「そういうふうにわかってくれればいいけど」と、いぶかしげなアザミ先生。

「でも、その前の先生に習って話せるようになったの？」

「そんなに簡単には話せるようにはなりません」

「そうでしょ？　そんな簡単じゃないわよねえ！」（だからと言って、何もしなくていいというわけでは……）。

「そんなに簡単にはできるようにはならないです。どうしたらよいでしょうか？」

「わからないわよ、そんなこと」

「でも、先生のご経験から、こうした方がいいとかありますか？」

「わからない」

「でも、さっき言ったように、私には話せるようになる方向の選択肢しかないんです。職場の同僚は皆、コミュニケーションのうまい人が集まっています」

「でも、話すのが下手な人はどんどん下手になっていき、上手な人はどんどん上手になっていくのよねえ！」と、意地悪な視線。

「だから上手になっていくしかないんです！」

「上手な人に引き上げてもらってね！　まあ、あべさんも今年は仕事頑張ってるじゃない。じゃ、また」と、診察は終了。まあまあか……。しかし医者が偉くて、患者は下々と思っている態度は変わらない。でも、工夫して話してみてよかったと思う。これからの診察で元気がないときは、アザミ先生と話さずに薬だけもらい、余裕があるときは表現を工夫して話して、自分が傷つかないように努力しよう！　世の中はマザーテレサのような善意の人ばかりではないし、私も含め完璧な人はいないのだから。それがわかっただけでも、アザミ先生も私の恩人である。

あれ？　今日の通院の結果は、どうだったのかしら？　まるきり印象に残っていない。何だか空回りしたような。アザミ先生は午前中の診療のせいか、比較的元気そうだ。もう、あまり日々の困ったことをこまごまと話したくはない。仕事が多忙なこと、過労で大腸憩室炎になったことなどを話した。さすがドクター、憩室炎の重症の場合の大変な事例を教えてくれた。それから、熊本の地震の話題が出たので、職場のボランティアをしている人が物資を提供できる人を募っており、未使用のタオルや歯磨き洗剤などを渡したことを話した。

それから同居人のことを聞かれた。二十年前、家を飛び出した私が、頼んで一緒に住んでもらった同居人は、いつの間にか統合失調症の私を飛び越して、発達障害で三級の精神障害者手帳を取得した。その同居人が通所施設を卒業になり、別の施設へ変わることを報告。あまり話したくはないが、聞かれたので答える。

「その施設では何をしているの？」

「パソコンの操作を学ぶ自習とか、履歴書の書き方とかを教えてもらうようです。仕事をしてお金をもらえる場所ではないです」

「仕事すればいいのにねえ」

「彼は私のように器用ではなく、決まったところに行って決まったことをする方がいいようです」（慎重なのでなかなか就職にたどりつかないのです、と言いたかったが）。


まあ、アザミ先生としては、私の立場になって考えてくれているのだと思う。それが、彼女なりの治療の試みなのだろう。受付の人と連携プレーでコミュニケーションをしているが、私が若い頃から経験した精神科、あるいは心の問題を話す場所のイメージの豊かさから見ると、ほんの人生のかけらの風景にしか見えないように感じる。けれども、ここはそういう場所なのである。

私も何かをしなければいけないのだろうけど、それが何なのかわからず、焦る気持ちは半減した。私の問題も半分なら、環境の持つ問題も半分であることが、なんとなくわかってきた。

私はこれまで、親に「自分のことを自慢してはいけない」と過度に言い聞かされてきたおかげで、自己主張することさえできなかった。しかし、今日は病気を抱えながら四種類の仕事をしている自分を、言葉は適切でなかったかもしれないが、「器用」と肯定的に捉えることができた。そのため、帰宅後は何だかふわふわした落ち着かない気持ちではあったものの、ダメージを受けることはなかった。ただ、アザミ先生に対して、「私は器用」と発言した私の、心の深い深いところにある苦労を伝えることができなかったために、こんなに所在ない気持ちになるのだろう。やはり、わかってもらう努力はどんなときでも、どんな形になってもした方がいいのだ。

また、私の予想がはずれた。診察室に入ってすぐ自分のペースに持ち込もうと、昨日見た映画の話をしようと考えていた。けれど結局、いつもの近況報告から入ってしまった。それはよしとして、ここまではアザミ先生に揚げ足をとられずに済んだ。どの話も、複雑な尾ひれをつけるとすぐに先生はついて来られなくなるが、気にせず話を終えた。その後に、いちばんに話したかった、映画『アリス・イン・ワンダーランド2・時間の旅』の冒頭場面の感動的なシーンを語ろうとして、つまずいた。先生はその映画を既に見ていたのである。

「ああ、あれね。あまり評判がよくなくて人が入ってなかったっていう。見たわよ。あれは途中で眠っちゃった」

え？

「あの冒頭場面、すごくよくなかったですか？」

「はじめはまあまあだったけど、中だるみしたわよね」

残念！　映画の冒頭で、主人公アリスが、父親が船長だった船に自分が船長として乗り込み、嵐の中、海賊船に追われて逃げる場面がある。アリスは岩礁と岩礁の狭い隙間を船体を傾かせる危険を承知で帆を操る。そして弱音を吐く部下を叱咤激励しながら、機転を利かせて危機一発の難所を座礁せずに海賊船を振りきり、イギリスに帰港する。その場面の感動を語ろうと思っていたのに。

「評判がいい映画と、評判がよくない映画があったら、いい映画を見たいと思うじゃない」

う～ん、そうかも知れないが。

「先生の見たのは、ネットの情報ですか？　私はあまりネットの情報を信じないようにしているので。それにみんながいいと言う映画が、私もいいと思うかどうかわからないし、テーマによって違うと思うんです」と、少し視点を変えて言ってみる。

「アリスですが、白の女王きれいでしたね！」

「ああ、赤の女王の妹でしょ？　いい人のふりをしているけれど、実は、姉の頭の事故は妹が嘘をついたことが原因だったっていう」

「でも、人と人との関係は一筋縄ではいかず単純じゃない、というところが描かれていて私にはよかったです」

「ふうん、そうなの？　それじゃあね」

やはり共感を得られない。

「私の所属するサークルで雑誌を出していて、新しい人が入ってどうなるかと思ったんですが、ちゃんと私の場所も確保されていて安心しました。そこでリレーエッセイをしているんですが、次はあべさんが書いてと頼まれました。司会もやったことがあるんですが、司会よりは書く方がいいので」

アザミ先生は私の弱点を見逃さず、少し皮肉に笑った。

「まあ、書く方は得意なんでしょう？」

「はい」

実は、そのリレーエッセイの題は『愚考休憩』という。「ばかの考え休むに似たり」と言うコトワザをもじったユーモアあるリレーエッセイなのだが、恐らくアザミ先生にその粋な心は通じないと思い、「気楽なエッセイ」と説明したら、何とか通じた。仕方ないので、話題を別に振る。

「Kさん、知事に当選しましたね。私は入れなかったけど」

「あら、Kさんに入れなかったの？」

「はい、Tさんに入れました。野党四党の推薦を受けていたので。推薦は受けていなくても、自民党のKさんに入れて憲法改悪されると困るので」

「前知事が、Mさんの応援で、『Kは厚化粧の年増』と言っていたので嫌になったわ。自分のことをアピールするならともかく、人のことをけなすのはね。Tさんも、週刊誌のスキャンダルを見たら入れる気なくなったわね。それに当選してから政策を考えるなんてね」

「女性初の知事は快挙だとは思いますけれど。いろいろな職場で働いて、Kさんみたいなタイプはたくさんいたような気がしますが、ここではああいう人が受けるんですね。政策に関しては、あまり他の候補と大差ないような気がしますけれど、言い方がうまいのかな？」

「そうよ、言い方よ」

「お役所には優秀な人がいっぱいいるんでしょうから、協力してやってほしいですね。助けてあげたいと人に思わせるのも才能かもしれませんね。ところで先生、前回の処方はいつもと違っていたのでこちらで何とか都合しましたが、薬二錠で二十八日間の処方に戻していただけませんか？　よろしくお願いします」

今日は寒い。私は職場で、困った立場に立たされていた。私の通っているのが信頼できる精神科なら、今日の通院日に、何で困っているか、こと細かに訴えるところだ。だが、しかし。早めの時間に行って待合室で待っていようと思ったら、私のほかに三人くらいの患者さんがいた。そのうちの一人が診察室に入り、しばらくアザミ先生と話していたが、険しい表情で出てきた。

「――寒いわねぇ！」

私の顔を見て、その年配の婦人は言う。ああ、きっと、アザミ先生と話しても共感は得られなかったのだなぁ、と察しはつく。しかし、私はその人と同じ思いを言葉にするには未熟である。

「入口にストーブを出してあることがありますよ。でも、まだちょっと早いのかな？　風が冷たいですね！」

その人は、受付へ行き、何か話して鬱憤（うっぷん）をはらしたようだ。

「正月には、来なくていいって！」

その人は、私にそう言って帰っていった。私の診察の番だ。

「元気なのね？」

あまり話さないうちに、アザミ先生が言った。

「はあ、ほぼ、元気です」

実はとても困っています、職場でどうしていいかわからない状況です……と、言いたかったが、控えた。この人に詳しく言っても解決策はないし、思いやりのなさに失望するだけだ。しばらくはあまり関係のない私の得意分野の話で、先生の詳しくないことについて尋ねられたので、適当に答える。しかし、やはり、ちょっと言っておきたくなって言ってみた。

「以前に、何度も続けて職場をクビになった時に起こったことと同じようなことが、今の職場で起きています。会社全体の会話の流れについていけず取り残されて、私の番になると必ず言えないので注目されてしまうし、何を言ったらいいのかわからなくて……。でも、続けざまにクビになっていた時は試用期間でしたが、今回は勤めて三、四年たっているので、実務はできるようになっているし、すぐにクビになることはないと思います。とにかく、総菜づくりを頑張ります」

「あっ、コミュニケーションね？」

やっと気付いたアザミ先生には、私がコミュニケーションに問題を抱えているという実感がないので、理解できない。

「まったく耐えられないというわけではないのね？」

「はい。何とか大丈夫だと思います」

このような状況を、精神科の専門医なら、「それは統合失調症の症状だ」と言うだろう。少しでも勉強している先生なら。本人の感じ方が人並はずれていると思うのが普通、と考えるが、実は社会のあり方のせいでこの状況が生まれている、と私は考えざるを得ない。幾人もの哲学者が、人間の意識のあり方を考察する過程で、統合失調症の例を分析している。そのことは、統合失調症の診断を受けながら、統合失調症のことをよく知らない医者にかかっている私には慰めではあるが、症状の消失が目標となるとまた話は別だ。勉強ができても、コミュニケーションができないと、一般社会では生きていくのは難しい。私は哲学的素質があり過ぎる！（または、難しく考えすぎる素質があり過ぎる）。伝家の宝刀は抜かずに持っているに限る！　頭の片隅に隠しておこう！　できれば、ばれないように注意深く隠して。要するに、気にしなければいいのだ。

「次回も、元気に、先生に報告できるように頑張ります！」

ばかみたいに元気な声で言うと、アザミ先生はまんざらでもなく、どちらかというとうれしそうだった。

「ありがとうございました」。診察室を出た私は調剤薬局に向かった。今回はそれほど嫌な思いをしなかった。しかし、とくに何か得られたというわけでもなかった。そして、ふと思い返すと、あることに気付いた。私は、主治医のアザミ先生に対して、どうしてこんなに辛辣になるのか？　どうも、アザミ先生は私に似たところがあるようなのだ。これはもしかして、近親憎悪に似たものなのかもしれない。

私はこれまで、いつも余裕がなかった。経済的にという意味ではない。むしろ生まれ育った家庭は裕福だった。しかし、私個人の生活は、いつもいっぱいいっぱいだった。勉強の面では期待されていたので、学校の勉強だけはしていたが、精神的には人間関係や自分の気持ちの持ち方で常に悩んでいた。しかし、今から思えば私は、人間関係の輪の中にさえも入っていなかった。そのほとんどの悩みが一人相撲で、人から見たら訳がわからないことで悩んでいたような気がする。今はまだ初心者だが、曲がりなりにも働いて、ささやかだが社会参加しているので、振り返って過去の自分をそのように見ることができる。

実は私は、アザミ先生にかかる前に、もっと大変な医師にかかっていた。年齢的には私より少し年下の医師だったが、自分のストレスを診察室で私にぶつけてきた。私は診察の度に混乱し、直後には、毎回他の誰かに話を聞き直してもらわないと回復しないくらい、ストレスを抱えて帰っていた。そのことを、時間内に抗議することもしたくなくて、突然転院した。

その後、自宅から歩いていける所にある、アザミ先生のクリニックに通い始めた。アザミ先生はある意味真面目だが、ある意味不真面目。学校の勉強はするかもしれないが、その本来の目標に向かって歩いていない。私から見ると、精神科医としては勉強不足。

そして、診療の時間を、患者のためというより、自分の興味本位や見聞を広めるために使っている。しかしこのことは、私自身が自分の仕事に対する心構えを反省するよい材料になった。私も、実を言えば確信犯である。自分の仕事から得ているものは、私が仕事に貢献して社会に還元しているものよりも多いかもしれない。精神障害者が障害を隠してクローズ（非開示）で働き社会参加をしているのだから、それくらい許されるだろうと思いたいが、世の中には、そのようには考えない人々もたくさんいるだろうことが想像できる。

アザミ先生は低空飛行である。ギリギリ、義務を果たしているように見える。私も、職場で常に低空飛行である。そんな生き方も許されるかも。バリバリの自信家の精神科医も、人によっては良いのだか悪いのだかわからないし、医者と患者にはどうしても相性がある。ある精神科医のブログで読んだが、「どんなヤブでも、精神病では医者にかかった方がいい場合が多い」という意見もある。何より、手探りでコミュニケーションをするうちに、アザミ先生の方が私に心を開いてくれた様子で随分診療が楽になった。こちらも、この話は、この話し方で通じるかな?と、過度に気を使わなくてもある程度話せるようになったので、進歩である。今日の診察で、「職場で、言葉に尽くせないくらいお世話になっているリーダーが、帰りに車で送ってくれた」と話した。すると、「そうやって働けていれば、いいじゃない（それ以上何が望みなの？）」とアザミ先生。次回以降、私の望んでいる心の通い合いを持てるかどうかは、そのうちのお楽しみ。希望は捨てないでいたい。

今日は、精神科クリニック通院の直前にハプニングが起こった。大きな街道を渡る信号待ちのところで、男性に声をかけられた。

「何かスポーツやってますか?」他にも続けざまに、何か聞かれたような。

「水泳やってます」。現実にはここ十年くらい泳いだ記憶がないが、できるスポーツといったら水泳ぐらいなことを思い出して、適当に答えた。

よく聞いてみると、「独身ですか？　お友達になってください」などと、四十がらみの男性が言っている。なんと、私は信号待ちの間にナンパされていたのだ。はあ〜！　ここまではっきり声をかけられたのは初めてだ。しかもこちらは、おそらく、その男性よりも年上なのに！　思えば、スニーカーに洗いざらしのジーンズにベルトをし、明るい色のリュックを背負った私は、意外とはつらつとして、スポーツを楽しんでいそうに見えたのだろうか。しかし、よく声をかけてくる人がいたものだ。「ごめんなさい。忙しいので」とすぐさま断ったが、感じの悪い人ではなかった。こんなことは他の人にはよくあることなのかもしれないが、驚いた。

その日の診察では、そのナンパされた話題から入ってみた。

「最近、どうですか？」と決まりきって聞かれると、身体が硬直して、何も話したくなくなるから。まあ、ナンパの話も世間話だけれど。

「彼（同居人）は、それを聞いたら何と言うかしらねえ？」と言われた。

「さあ？」と答えたが、そんなことを言われても別に面白くもなんともない。会話というのは、同じ言葉でも、言っている相手によって感じ方が違ってくるものだ。

それから、私が月に働いている日数を告げて、「普通ですよね」と言うと、それには「普通より、ちょっとよく働いているわよね」と言ってくれた。本当は、もうギリギリの状態でその日その日を過ごしていて、半日先のこともよく考えられないくらい必死なのだが、その内容を、この人に話したいという気分にならない。

「何が不満なの？　これ以上よくなろうと思うなら、ウチでは診れません」

私の精神科主治医、アザミ先生は言った。こちらは、主治医と意思疎通ができない寂しさを表現しようとしただけなのに。もういい。主治医と気持ちを通わせるのは、諦めた。それ以降、何とか気持ちと関係を修復し、会話を無難に切り上げて、調剤薬局へ向かった……。

私の周囲には、統合失調症と診断された人が何人かいる。一人は時給三百五十円で働いているらしい。一人は消息不明、一人は退院したとの風の便り、一人は入院中。発達障害で障害認定を受けている人は、時給七十円で就労継続支援B型事業所で働いている。最近時給百十円に上がったというが、それは喜べる金額だろうか？　就労継続支援A型事業所（最低賃金以上の時給）に移れる日のめどは立たないと言う。

統合失調症と診断されながら、日雇いの仕事を含めて繁忙期には、月二十四日働くことができる私は、恵まれているのだろう。しかし、病気ゆえのつらいことがいくつかあり、それを理解してくれる人も、改善策を伝授してくれる人も、数えるほどだ。病気のこと、また目に見えて起こっている人間関係や現象を、こと細かに記憶し分析したくなるのだが、やめておく方向で努力している。それしか方法がない。人間関係の渦中にいることは、私にとってハードルが高い。どんなふうに感じ、どんなふうに対応したらいいか、ゆっくり安全に決めることが難しい。自分のために方向を決めること、これがいちばん難しい。誰かに守られてゆっくり決める、その守ってくれる人にも気を使い過ぎずに。

時間経過。今日は、自立支援医療（診察代・薬代などが一割負担になる精神通院医療）の申請のため、必要な診断書をもらいに行き、ついでに診察という日だった。前回、「ごちゃごちゃ言うなら、ウチでは診れない」と言われていたので緊張したが、こちらも平静を装い、アザミ先生も来るなら来いという感じだったので、意外に普通のやりとりになった。

「仕事に就いても、すぐ辞めちゃう人いるのよねえ」

「私も以前に何度か、辞めさせられました。今は、『来ていい』と言われる限り行きます」

相手は生業として精神科医を選んだ人物、私の前に現れた姿はそれだけである。人生の問題を語る相手ではない。運のいいことに、私はかつて、人生の心の機微を「精神科医」という職業の人々と語り合う体験をしたことがあり、そのことが忘れられずアザミ先生にもそれを求めていたが、彼女は普通の人だった。そんな相手に、真剣に人生について語りあう必要はない。理解しあえないことがわかった。薬をもらうために行く場所、と割り切ることにする。薬もジェネリックを申し込んだら、半額になった。私は、ほとんど、安定している。仕事上のコミュニケーションも、うまくいったりいかなかったりだが、まあ遠目に見ていただければ普通だろう。

しかし、診断書五千四百円は高いなあ。自分のことを、どのように書いてあるか見られないし。前に封をはがして見たことがあるが、あんなもの、医者のさじ加減でどうにでも書けるのに加え、判断基準がまったく恣意的だ。今回も何が書いてあるかわかったものじゃないが、もうここまできたら、そんなことに目くじらをたてている場合ではない。大切なのは、今現在元気で働けていること。アザミ先生は、自分のおかげと思っているようだが、私は、そうは思っていない。自分の努力の結果だと思っている。アザミ先生のいちばんのいいところは、自分の力で生きていると、私に思わせてくれるところだろう。

今日はひときわ北風の寒さが身に染みる。冬本番だ。一か月に一度の精神科クリニック通院の日。とくに何の話題も用意せず臨んだ。アザミ先生に近況を聞かれ、アルバイトで勤めているスーパーの、ユニークで超有能な副店長が転勤で他の店に移ってしまい、店全体が沈滞ムードになってしまったことを話す。ほかには、強気なお山の大将である総菜コーナーのパート頭とのあつれき。以前にそのパート頭の罠にかかって、ほかの人の悪口に便乗してしまい、私がその人を悪く言ったと広まってしまったことがあった。それ以来、人の尻馬に乗って、第三者を悪く言うことのないように気をつけている。「お総菜の製造が好き」と言うと、「私は人と仲良くするのが好き」と、パート頭。いちいち対抗してくるように私には感じられる。その押しの強さに負けがちだが、そこをあえて反撃しないでおとなしくしている、と診察室で話す。

「人の悪口を言うのは、もともと好きじゃないんです」と私。アザミ先生は、

「そうよ。そこで人の言うことに悩んで態度を変えていたら、あべさんらしさがなくなっちゃうじゃないの。それに、仕事が優先でいいのよ。人と仲良くしているだけで仕事しないんじゃ話にならないじゃないの」

「ほかにも、『お疲れ様です』と通りすがりに声をかけると、『あいさつだけして、ほかのことは言わない』と陰口をきかれるんです」

「いいじゃないの。最低限のことだけして、あとはできる時にやれば。私も自分の体験で、似たようなことがあったわよ。別の精神科病院の女医さんで、朝から晩まで仕事して何もかも抱

え込んでいた人がいて、そのうちに辞めちゃったのよ。私は決まった時間しかやらないから。やっぱり、最低限のことをして細く長くよ」

「先生のよい評判を聞きましたよ。保健所の保健師さんが、『いい先生だ』と言っていました（これは事実）。ペースを守っているからじゃないですか？」

「そお？　じゃ、次は一か月後ね」

「はい、ありがとうございます。失礼します」

受付で、

「次は九日ですね？　あっ違った、十九日ですね？」

「はい、午前中でお願いします」

「十時でいいですか？」

「はい、早いほうでお願いします」

調剤薬局に着くと、薬剤師さんが、

「千円からお会計でいいですか？　薬はいつもどおりです」

「はい」

以上のような普通のやりとりをするのにも、一言一言、相手の意図がどういう意味だか考え込んでしまう。

「寒いですよねえ、ちょっと扉が開くと外の冷気が入って寒い。外はもっと寒いでしょう」

「本当に寒いですよねえ。ありがとうございます」

「寒い、寒い」と、心を込めて言い合える人がいると、気持ちはあったかくなる。遅まきながら、人の言葉と人情というものが、少しずつわかりかけてきた私。日常会話は苦手だけれど、スーパーの総菜売り場では、我流で売り込みができる。話し言葉はどちらかと言うと苦手だけれど、曲がりなりにも文章を書くことはできる。このアンバランスかもしれない発達具合は、どうしてだかはわからないけれど、それが私。

これまで、精神科の先生相手に、こっちが悩みを聞くような立場に立たされがちで、ストレスを抱えたのも、相手の気持ちを抱え込むタイプの私の個性が、そうさせたのだと理解した。アザミ先生は、自分の精神衛生を第一に考えているように見える。でも、そういう人もいていいのだ。どちらかと言うと、私のタイプの方が相手と心の交流が持てる気がするけれど、私の立場は患者なのだから。いろいろな先生がいていいのだ。それにアザミ先生の周囲には、受付や薬剤師の方々がいてフォローしてくれる。私も一人ではないし、アザミ先生も一人ではない。私たち、足りない所を補いあって、生きていっていいのだ。

第三章　主治医との治療関係――ホンソメ先生

前章では、私のこれまでの精神科クリニック通院の経験や主治医の愚痴を書いてきた。愚痴のおかげで何とか通院が続いてきた面もあるが、遂に私は「転院」することにした。

あるとき、最寄駅の隣の駅前に、前年開業したクリニックがあることを発見した。自宅から歩いて三十分なので、ちょうどいいお散歩コースである。私はそこに通ってみることにした。

まず、二時間四十五分もかかる「心理テスト」を受けた。担当の先生（院長）は、比較的話ができる人だった。三回目の面接で、初めて私の「症状」について話したが、

「これは、病気ですか？　統合失調症の症状なのですか？」と聞くと、

「統合失調症の症状が残っています。ただ、ご本人の知的レベルが高いために、何とかなって

いますが……」

それに続く言葉が気になったが、あまり「軽い」症状でもない、ということなのだろうか？受け答えなどのタイミングがずれるため、「頭がいい」とか「賢い」などとは、めったに褒められない私だが、そんな私のプライドを傷つけないようにと発せられたかのような言葉に、私は慰められた。何より「病気」を「病気」と理解して、その治療処方をしてくれる「専門家」がいる、ということにほっとする。

先生に何を話したかというと、「職場で隣の部屋にいる人の話し声が、まるで自分に対して発せられたかのように聞こえる」という意味のことを話したのだが、これは私にとって日常茶飯事で、その状態が一日中続くのだ。なぜ、私の話したことが職場の人々に筒抜けになり、私以外の人々の間では、あたかもコミュニケーションが「ツーカー」（気心が通じ合う間柄の意）で、私だけがいつもウワサの的となるのか、いつも私の発した言葉が問題にされて、反応の波が寄せては返すことが一日中起こっているのか、不思議でならないのだ。

その医師は、発売されたばかりの新薬を処方し、「新薬は二週間以上の処方ができないため、少なくとも一年間は二週間ごとに通院するように」と言った。これまでの数年間は一か月に一度の通院だったので、これまでよりも仕事のスケジュール調整が大変になるが、通えないこともないので、通うことを約束した。

以前から飲んでいるジプレキサに加え、今回の薬、レキサルティは、明るい灰色のイメージ。意識は明晰（めいせき）だが、周囲に対する若干の敏感さで不安が生じやすい。けれど、その分、ビビッドな生き生きとした感情をなくさないでいられるような気もする。しかし、今の私には、その揺れ動く感情を制御し、場に則してうまく表現する技術が不足している。

新薬を飲んで一週間になるが、やはり身体の環境が変わるのは不安である。二十年近く飲み続けた薬に加えて新薬を飲んで一週間だが、少し不安で、何かにつかまりたいような気がしている。見えている景色が若干暗くなったような、心細くなったような感触である。なぜなのかはわからないが。しかし、目覚めは今までよりもはっきりと快調である。

薬の力で何とかなることと、ならないことがあるのは当然であるし、たとえ名医にかかったとしても、自分の人生を自分で切り拓いていかなければならないのは、変わらない。新しい環境・薬の効果に慣れるまで不安には違いないが、今までだって何とかやってきたのだもの、何とかなるだろうと思っている。

転院したクリニックの待合室には、熱帯魚の水槽がある。その色とりどりのお魚たちの泳ぐ姿を眺めることが、とりあえずの楽しみである。

といっても、十七日間は長かった。精神科クリニックを転院して、薬の処方が変わり、変わってから次の診察までが、とても長く感じられた。何しろ、二十年近く飲んでいた薬が変わるのだから、不安にならないわけはない。どんな副作用があるのか、ないのか、わからないし、薬によって精神的な状況が変わるかもしれないから、やっぱり気にせずにはいられない。

けれど、結果は、とくに今までと変わりはなかった。インターネットの情報によると、「透明感」のある薬らしく、飲んでいても、あまり飲んでいる感じがしないのだという。脳内物質ドーパミンの量を、多くもなく少なくもなく、調整して常に一定に保ってくれる良薬という触れ込み。とりあえず安心した。次に、服用量が、一ミリグラムから二ミリグラムに増えた。今までは、副作用がないかどうかを見る期間だったようだ。診察室では、私の日常のコミュニケーションの中で、「何か変だな～」と思いながら生活していることを話したが、先生は「敏感なんですね……。それを普通程度の敏感さに調節しましょう」と、新しい薬を二倍に増やした。そして、今まで飲んでいた薬は半分になった。

その日の受付には、心理カウンセラーの若い男性はいなかった。その代わり、学生のような若い女性が受付をしていた。熱帯魚は数が減っていた。私がとくに気にかけていた、「キュウセン」という魚の姿が見られず、「死んじゃったのかな？」と思ったが、受付の人に確認せず帰った。そのまま薬局に行くのも忘れて歩きだしたが、横断歩道を渡ってから、処方箋も薬ももらっていないことに気付いて、精神科クリニックまで戻った。受付の女性がすまなさそうに、「渡し忘れました」と、処方箋を出してきた。書類を忘れられるのは、このクリニックではこれで二回目だ。

それから薬局に行き、帰ろうと歩いていたとき、この辺に行きたいラーメン店があったのを思い出した。見当をつけて道を曲がってみる。すると、重い荷物を押して通るヤマト運輸の人がいた。なぜか、この人なら知っているかもと思い、「この辺に、金色不如帰（こんじきほととぎす）というラーメン屋さんありませんか？」と聞いてみる。

「すごく並んでるよ」と言いながら、道を、考え考えしながら教えてくれた。道をたどると、その教え方がすごく的確なことがわかって、憧れのラーメン店「金色不如帰」にたどりついた。しかし、今日は定休日。楽しみはあとに残った。

次の通院日までの時間が、長く感じられる。これまでの倍の頻度で行くようになったのに。

今日は、待合室の熱帯魚の水槽に、前はいたのに今はいなくなったストライプの魚の名前が、私の思い込んでいた「キュウセン」ではなく、「ホンソメワケベラ」という名前だということがわかった。元気がよすぎて、水槽から飛び出してしまったのだそうだ。

後日、ＮＨＫのテレビ番組で、「ホンソメワケベラ」の特集を放映していた。「ホンソメワケベラ」は、通称「ドクターフィッシュ」とも呼ばれる魚で、他の魚の寄生虫を取って食べてくれる、一見「親切な」魚である。けれども、ここからが面白いところで、「ホンソメワケベラ」は、普段は魚についている寄生虫を取って食べるが、本当は魚の体自体が好物で、他の魚が見ていないときは、魚の体をかじってしまうのだ。しかし、そんなことをいつもやっていると、寄生虫も取らせてもらえなくなるので、普段はそんなことはしない。さらに、「ホンソメワケベラ」に姿かたちのよく似た偽ドクターフィッシュも現れ、その魚も、「ホンソメワケベラ」と同じく、本当は魚の体自体が好きなため、他の魚が見ていないところでは時々かじる、という念の入れようである。この興味深いテレビ番組を見た私は、診察のときに、その話題を「一部」出した。

「魚の寄生虫を取ってくれる魚なんだそうですね」

「そうなんです。でも、水槽から飛び出して死んじゃったので、今はエビ君が頑張っています」

「エビも寄生虫を取ってくれるんですね」

以来、この先生を密かに「ホンソメ先生」と呼んでいる。もちろん、親切なドクターフィッシュ「ホンソメワケベラ」にちなんで。「ホンソメワケベラ」の面白すぎる生態については、そこまで理解して笑いあえるほど、まだこの先生と懇意になってはいないので、控えることにした。

それから、気になっているコミュニケーションのことも話した。いろいろな場面で、これまでよりも主張をするようになったので、「衝突」のような現象が起こるが、どれも修復できる程度のものであることなど。

「けんかにならないためには、どうしたらいいですか？」と単刀直入に聞いてみた。

「思ってること全部を言わないようにすることです」という答え。ありがたい忠告と素直に思うことができる。すべての場合に当てはまるわけではないかもしれないけれど。とにかく、なんか「いいひと」に話を聞いてもらっていると思えるので、まだうまく話せないところもあるが、基本的な信頼感はある。ただ、やっぱり話したいことは多くある。どうしたら人が聞いてちょうどいいような話のボリュームにもっていけるかが、これからの課題かもしれない。

ある日の職場で、周囲の人々が、こぞって朝から私に冷たいように感じられたことがあった。

それでも気にせず、やるべき仕事をやっていたら、状況はすぐに好転した。いまだに、何が原因でということはわからないのだが。同僚に「何を言っているのか、わからない！」と言われたこともある。私に対する「大方の意見」がまとまって、そういうことになったのだろう。自分でも、何を言いたいのかわからないのに発言している可能性大だ。少なくとも、自分が何を言いたいかわかるためにもとにかく発言した方がいい、というのも、一つの考え方だと思う。普通の人は、そういうことを自分の身を守りながら、なるべく自分が傷つかないようにやっていると思われるけれども、私の場合は、はたから見ても、傷だらけの場合がよくある。そうなっても、なかなか学べない。なるべくなら、人から非難されたりとがめられたりして傷つかない方がいいに決まっているが、まずは自分で自分の心を抑圧から解き放ち、自ら何が言いたいのかわかる方法で発言することも、大切な一歩であることに間違いはない。

この日のホンソメ先生のアドバイスは次のようなものだった。

「（新しく処方された薬の影響で）いつもと違うことをしようとしていることに気づいたときは、注意してください。いつもと同じになるように」

心中「？」マークがうごめいていたが、「はい」と言って、帰ってきた。だいたい、いつもと同じ安心な行動パターンが自分でわかるほど、安定した生活を送ったこともない。「先生とは違うよ！」と言いたいところだったが、この、私とは別人格の温厚な先生のアドバイスを、ありがたく思わないこともなかった。

「一緒に暮らしている人は、あべさんのことを何か言っていますか？」

「同居人は自分のことで精いっぱいなので」と答えた時、精神障害者福祉手帳を取り、社会的に私より重い障害者として認知された、福祉事業所で勤務するようになった同居人のことを思い浮かべた。ああ、そうだ、一緒に暮らしている人に守られた人生、あるいは同じくらいに気使いあえる人生というのもあったかもしれない、と感慨深く思い起こした。その実、同居人には有形無形のお世話になっているが、けっこう、孤独に頑張ってきたこれまでのことが回想された。同居人も同じように孤軍奮闘していたのだろう。

私の心にピンポイントでは刺さらないが、思いやりが感じられる、新しいこの先生の存在が、とてもありがたい気がする。前回、通院の帰りに寄ろうとして定休日だった、幻のラーメン店、「金色不如帰」は閉店し、都心へと転居していた。都心の転居先まで追いかけて行ってみるには、一段上の熱意と行動力がいる。どうしようかな？

今日は疲れている。きついスケジュールの二週間だった。通院の日だが、先生ともうまくコミュニケーションがとれない。ひとわたり話した後、

「水槽のお魚の大きくて黄色い子、いなくなりましたね」

「老衰で死んじゃったんですよ。だんだん餌を食べなくなって、だんだん動かなくなって。老衰かな、と」

「ハタタテハゼちゃんは、頑張っていますね」

「ハタタテハゼくんは、頑張っています」

「水槽の水、きれいですね。調整が大変ですね」

「手がかかって仕方ないんですよ」

「私にはとても飼えないかもしれない」

それだけ会話して、帰ってきた。

診察前に何を話そうか考えたとき、未来の目標について話したいという考えがよぎったが、診察室に入るとつい、「この二週間にあったことの報告」というパターンを踏襲してしまい、話したいことを話す機を逸してしまった。

前の担当医、アザミ先生は、「今よりもよくなろうというのなら、ウチでは診れない」と言った。患者は向上心を持ってはいけない、というのだろうか。そう言われてそのときは引き下がったが、ずっと腑に落ちないでいる。確かに、この統合失調症という病気は、日常に次々と大変なことが起こるので、未来のことなど思い描けないことが多い。けれども、時間という薬が効き、多くの方々の手助けを受けて、現在の私は厚く垂れこめた雲の合間から光が差すように、時折未来のことに思いをはせることができる時間も増えてきたような気がする。医師との時間を、もっと発展的に使いたい。

現在、いちばん大変だと感じていることは、やりたい仕事を下支えするためにしているアルバイトだ。実務もつらいし、コミュニケーションもつらい。ただ、非正規雇用ながら保険証を発行してもらっているし、厚生年金もかけてもらっている。できれば辞めたくない。

今日の通院では、「考えることが多すぎる」ので、少し減らせばと提案されたのだが、それもそうかもしれないと思う反面、そんなことはない、どれも大切で手放せない問題だ、とも感じる。家族の問題、生きがい、そして生きがいを続けるための仕事、当面それに向かって頑張ることのできる「趣味」のようなもの。「趣味」に没頭している間は、余計なことを考えなくて済む。闘病しながら編み出した、変化球のようなこの生き方が、多少忙しくても、よりよい方法なのだと思える。けれど、はたから見たら、「もう少し整理したら？」と思われるのも、当然かもしれないとうなずける。

本当のことを言うと、今日の通院では、思っていることを言えなかった。本当は、前回の診察で、先生の発言した言葉が気になっているのである。できれば、そう言われたくない言葉だったので、通院そのものが一つのストレスになっていた。

「先生、その言葉は何についてそう言われているのですか？　二週間気になっていたのですが！」と、言ってみたかった。よし、次回は言ってみよう！　こう書くと、言える気がしてきた。はっきり言った方が、先生も、私が何を気にするか、わかるだろうし。

そんな中、それは突然にやってきた。薬が変わって五か月、私はいつものようにスーパーの総菜づくりの仕事に出ていた。昼休み、いつも人を避けてそそくさと食事をとり、あとは衣料品売り場をうろついたり、個室が二つしかないトイレに少し長く閉じこもったりしている。けれども、その日は極端だった。突然誰と話すのもつらくなり、誰とも顔を合わせたくなくなり、どこか私の体を隠す場所を見つけて、しばらく閉じこもりたくなった。その場から私の存在を消してしまいたかった。

その日はトイレに三十分ほど閉じこもっただろうか。何しろ個室が二つしかない狭いトイレで、おまけに昼休み時間中で、入れ代わり立ち代わり人が来る。スーパーの従業員の他にお客さんも来る。途中、親と一緒に来た子どもが「漏れそう……」と言っているのが聞こえて、どうしようと慌てたが、隣の個室に入っていた人が出てくれて、何とか助かった。

しかし、困ったものである。幸い、その後の午後の仕事は、一部屋で一人でやる仕事だったので何とかなったが、こんなことは、統合失調症の薬を処方されてから二十年近くになるが、初めてだった。自分の体も心も外にむき出しにされて、無防備な状態に思えた。もともと内向的だったのに、働かなくてはならず、無理やりギアチェンジして、性格をあたかも外向的なように振る舞っていたことのつけが、突然回ってきたと言えるかもしれない。

通院のときに話すと、「職場放棄したんですか?」と聞かれ、「いや、そういうわけではなくて。昼休みだけで何とかなって、あとは持ち場に戻りました」と、答えた。先生は頓服薬をくださった。また同じようなことがあったら、その場で飲みなさいと。それは私が望んでいたとおりのもので、本当にありがたく心強かった。

思えば、今まで、そんな「発作的な閉じこもり症」がなくやってこられたのが、奇跡のようだ。これまでのさまざまな苦しい場面や、クビになった数多くの職場のことを思い返すと、《それくらい、いいじゃないか》と思える。クビになった職場でも、そんなに悪いこともひどいこともしていないのである。体調を崩して休みがちになったりしたことを、「職場放棄」と言われるのなら別だけれど。時折ふさぎ込みたくなる、そんなことは誰にでもあるのではないだろうか。それを社会活動に支障を来さないように、うまく処理している人も多いのではないだろうか。

《それくらい、いいじゃないか》と、もう一度言ってみる。一病息災とも言うし。暴言を吐いてしまうのも、その気持ちに添って考えればきっと訳があるのだ、と思う場合もあると思うけれど。

二週間に一度の通院は、私にとってありがたい。何か起これば、すぐに相談できるペースだ。けれども、ここのところ安定しているので、具体的に大きな問題は起きていない。ただし、労働は相変わらずつらい。スーパーでのパートはつらい。実務が大変すぎるし、同僚との会話も、要領がわからず苦心する。けれども、診察室で、今日私は、言ってみた。

「仕事はつらいです。でも、つらいのが当たり前と思うようになりました。その日その日にやらなくてはならないことを、一つひとつ、やっていくほかはないです」

先生はうなずいてくれた。先週、いろいろなことを考えてしまう私に、「つらいとき用に」と、頓服薬をくれた先生。

恵方巻きの売り出しで忙しい節分までの期間と、節分当日にやらなければならない仕事を心配する私に、先生は聞いてくれた。

「取り越し苦労じゃないですか?」

「チーフに、『この仕事はやらなくちゃいけないんですか?』と、気軽に聞いてみたらどうですか?　案外やらなくて済むかもしれないし」

「そうですね」

「軽く、聞いてみれば?　もしできないようなら、私にはできませんと言えばいいんだし」

そんなに簡単にいくかどうかはわからないが、確かに心配しすぎかも、とは思った。

この先生が、私にかけてくれる言葉を振り返ってみると、私が思いつかないような、気付かないような視点から、言葉をかけてくれていると思われた。一人で考えていると、「そうに違いない」と思い込むことが多く、別の視点からの言葉を聞くと、自分の悩んでいることが相対化できる気がする。そして、そのかけられた言葉が押しつけがましくないというのが、さらにありがたい。

　これまで、十数人の医師にかかってきた。もちろん、ドクターショッピングをするつもりははじめからなく、結果的にそうなってしまったのだが、その時々で、つかまることができるものには何にでもつかまるほかなく、それができない時はたいてい溺れていたようなものだ。そして、差し出される助けの手がどんなものなのか、三十五年かかって、ようやく見る余裕が生まれてきたといえる。それに、今までは、自分と相手の区別もついていなかった。そんな状況の私の相手をする先生たちも、仕事とはいえ、「お疲れ様でした」と今は思うが、「精神の病気である者は、医者としか話してはいけない」という極論を私に言い渡した人の言葉も、思い出される。今では、そうした極北の言葉に反して、精神病者も誰とでも話す権利はある、と思う。実際には、市井の人々と話すのは難しいということは、毎日重々承知の上だけれど。

　このところ、通院は落ち着いている。何より、通院すること自体がストレスでないのがありがたい。ひとえに、性格温厚なホンソメ先生の存在のおかげ、ともいえる。それから待合室の水槽の魚――このアクアリウムの色彩の鮮やかさと生き物の躍動感を感じると心が和む。

　自宅から三十分くらいかけて歩いて行き、軽い運動になる。それからコーヒーショップに入り、日記を広げて、二週間の生活を振り返る。ゆったりと時間を使える、忙しい生活の中のひとときだ。

今日は、困っていることと、悩んでいることを五つくらいにまとめることができた。部屋が散らかること、人とのコミュニケーションが難しいこと、人間関係、お金、老後の心配、以上である。これらの問題は、病気のせいもあるだろうが、多くの人が抱える問題と共通しているのではないだろうか。

幸い、統合失調症の症状は、服薬とこれまでの経験の積み重ねによって、何とか落ち着いている。仕事が大変なのは変わらないが、そして、複数の仕事の掛け持ちに努力を要することは変わらないが、今の私は、自分のトラブル処理能力にある程度満足している。自分自身に満足という視点が、これまではあまりなかった。家族からは、常に向上するように叱咤激励されていたとも言えるが、向上するのに、人から言われるのと自らそう思うのとでは、違いがある。落ち着いて、その時々の自分を評価する余裕が、今まであまりなかった。自分はこれでいいと強く思うことから、また新たな出発ができるのではないだろうか。

振り返ると、親の擁護や監視人生から、自分で転がしていく人生に転回したあとも、私はいろいろな意味で、「やり遂げる」ことが苦手だった。一度大学に入りながら一か月で辞めて帰郷し、浪人して大学を受け直したし、就職後もちょうど仕事に慣れてきた頃に、離職してまた大学に入り直した。

　また、結婚しようとして失敗したのも、一度だけではない。何か決断したり、やり遂げることが難しい人生だった。一度決めたことをやり遂げる力がほしい。そんなことを思いながら、通院に臨んだ。これまでの人生を振り返り、続けられなかったことを思い出して話していると、

「鳥（バードウォッチング）は続いていますよね？」

と、先生から助け舟が入った。

「鳥は好きですから」

「何年になりますか？」

「一九九二年からですから、二十七年ですね」

「だいぶ続いていますね」

　ああ、おそらく、それでいいのだろう。自分で自分に満足すること。そこからはじめればいい。それは今さらながらではあるけれど、そしてこれからの人生は下り坂であるかもしれないけれど、下り坂には下り坂の降り方があって、十分気をつけて降りることができれば、それは、必ず、私の力になる、ということだと思う。

　私は、実際の生活の中でも、坂道を降りていて、落ち葉に滑って転び、右脚を骨折する、と

いう事故にあったことがある。知人と共に山に登った帰り、あと数十メートルで下山、という場所で、下り坂道に敷き詰められた濡れた落ち葉に滑って転んだ。ハイカットの山靴を履いていたのも災いして、右脚の膝下の太い骨を骨折した。事故後は入院し手術をして、「百パーセント治る」とリハビリの先生に言われても半信半疑だったが、ほぼ百パーセント治り、今では骨折したことを思い出すことも少ない。下り坂は難易度の高い障害物競走だ。どうやって切り抜けるか、今までの体験や経験から割り出していく。今、という時は永遠ではない。今しかできないこともある。そんな中で、私は自分のトラブルシューティング能力を信じようと思う。飽きてきたスーパーの仕事も、何か乗り切る方法があるはずだ。ここで仕事を辞めては、これまでと同じ。辞めないで済む方法を考える。そこに達成感を見いだせれば幸いだ。

「先生、水槽に新しく黄色い子が入りましたね。パウダー・ブルー・タンは隔離ですか？　黄色い子との相性が問題なんですか？」

「そうなんです。黄色い魚の方が大きいのに、パウダー・ブルー・タンの方が気が強くて追いかけ回すんです」

「パウダー・ブルー・タンには、餌を食べずに痩せていく個体もいるといいますが、この子は強いんですね！」

「そうなんです」

「必要な措置ですね」

私は、水槽内の囲われたスペースに入れられた青い魚に同情しないではなかった。しかし、水槽内の平和を保つための措置としての隔離を、私でもそうしたかもしれない。そう肯定し、帰途についた。生き物のことは、何が正しいかわからないのが常である。


クリニックの待合室には、極彩色の魚が軽やかに身を翻して泳ぎ回っていた。前回見た、水槽内で一匹だけ個別に監禁されていた青い魚も、解き放たれて加わっている。

「黄色い子が強くなったんですよ」

ドクターが言う。青い魚に追いかけ回されていた黄色い魚が強くなったらしい。青い魚も監禁が解けてよかった。

近況を話す。前回の診察の際、先生に話していたので、仕事に関する目標が自分でも強く意識されて、進歩・成長してきている。それについての結果は、話してよかった。

ただ、診察室でよいところを見せようとあまり格好をつけすぎると、それと関係あるのかないのかわからないが、どこかで無理が生じるのか、風邪をひいたりして体調を崩していた。

一方、長年の友人に、今の私のいちばん病的な部分である、「言葉についてのこだわり」を話してみたりした。その話はけっこう込み入っているので、困ってはいるが、あまり話したい話題ではなくなってきている。

ここで、かいつまんで説明すると、次のようなことである。

私は四人兄弟で両親を含めて六人家族なのだが、その家族のメンバーに、私という一人が入らない「5」という数字に過敏に反応してしまうのである。たとえば職場など、ほかの集団の中にいるときにも同様に、数字に対して過敏に反応してしまうことはある。しかしその状況は流動的で、私を排除しようとして皆が数字を使うとは思わない。気にしないでいれば、気にならなくなる。

反応はかつてに比べて小さくなっている。けれども、私の病的な部分、統合失調症特有の最後に残った症状である「言葉に対する過敏なこだわり」は、長年続いた濃密な関係（私にとってはいちばん苦しい関係）、つまり家族のメンバーの序列化にあった。私は最後尾のポジションに固定化されながら、その役割を果たすことはなく、それは、ことあるごとに私を排除しているように思えた。家族のメンバー一人ひとりの行動も固定化し、長い間つらいコミュニケーションを経験する状況が続いていた。

家族の会話の中で、「6」という数字が回避され、「5」という数字が強調されているように感じる。実際に家族の間でそんな会話がなされている。これは「幻聴」とは言えないと思う。ただ「5」という数字がこのような意図（私を排除する、と私には思われた）で発音されていると感じる回数が積み重なって、その結果、「5」という数字が恐ろしいと感じるようになっていったのだった。

私は、コミュニケーションを学ぶために必要なリラックスした環境と、人との言葉によるふれあいの経験が圧倒的に足りない。それが必要なのだが、これまでの人生を考えると、それは仕方がない。けれども、「今」からがいつもスタートなのだ。何よりも「リラックス」が大切な要素だ。緊張し過ぎた状況からは、私の場合、いい結果は生まれない。

遅れた言葉の発達を、自分で取り戻しに行かねばならない。冒険の旅はまだまだこれからなのだ。

幸い、今働いている人間関係の中に、その活路を見いだしつつある。この人とだとリラックスできる、という人が見つかりつつある。人との交わりの中に濃淡があっていいのだ。

今までは、誰とでも等距離でないといけないと思い込んでいたせいか、かえって集団に受け入れられなかったことがあった。けれども、皆、仲良くなりたい人と仲良くしているんですね。それでいいんですね。簡単なことなのにその一歩目がわからず、皆目、自信がなかったのだ。

つらい局面になることもしばしばあるが、職場での人間関係がなんとはなしに楽になってきた。何も考えないで発する言葉と、それを「状況」にあわせて修正していく作業を適度に織りあわせていくと、コミュニケーションができる気がしてきた。全部理詰めで考えるのではなく、半々くらいの感じで、「何も考えないで発言」→「修正」、「何も考えないで発言」→「修正」とやっていくと、ちまたのコミュニケーションの波にたゆたうことができるような気がしてきた。これも「ホンソメ先生」との共同作業の、「会話の練習」効果があってのことかもしれない。ストレスの少ない通院環境の中で、本来私に備わっていた力がほどけて出てきたのかもしれない。

第二部　仕事のある暮らし

第四章　仕事の選び方

職業の選び方は、とても難しい。ことに、統合失調症を病んだ者にとっては、なおさらだ。そこで、私が統合失調症を抱えながらも、何とか仕事に就けるようになった経緯を振り返り、そのポイントをまとめてみたい。何度もクビになった経緯(何十回もあるのでサンプルは豊富)を吟味し、過去の失敗体験を十二分に生かして考えてみる。

まず、「なるべく苦手なことをしなくて済む職場」を選ぶこと。二つ目は、「基本的な仕事が自分のやりたいことに近いこと」。そして、三つ目は、これもとても重要なポイントだが、「基本的な仕事の動作が本人にとって理解しやすいこと」。これは、心を込めてその動作に没頭できることを指す。私の場合、同僚との競争などが心情的に理解できなかったり、情報処理ができなかったりするので、もっと根源的な仕事の目的の原点にその根拠を置くことが必要だ。そして、四つ目が「派生する苦手なことを何とかやり過ごすことができること」。ここで強調したいのが、「初めから苦手なことばかりに注目しないこと――これさえできていればよいという中心点を、ハードルを低くして押さえること」である。

とくに私が気をつけていたのは、「クビにならないようにする――休まない、遅刻しない、そのために無理な時間帯を組まない（その場にいることが重要な仕事はなおさら）」。その場にいること自体に意味がある仕事は、そこにいさえすればいいので、クビになりたくない場合は、そんな仕事を探すのもいい。しかしその場合、急な休みや遅刻が大きなペナルティとなることを忘れてはいけない。

私は、スーパーの総菜部で、寿司製造のアルバイトをしている。私の場合、日常会話も仕事上の会話も苦手だが、食品の製造は比較的好きで、掃除も片付けも苦手だが、油を使わない寿司の製造は何とかできる。

寿司場は、午前中は部屋に二人、午後は一人なので、比較的混乱せずに会話ができる（隣のお弁当製造現場は、食洗機や揚げ物のブザーが鳴り、左耳が若干遠い私は対応しづらいが、そこにはなぜか配属されなかった。もしかするとブザー音は騒音として気になる原因になったかもしれない。それに対して、寿司場は静かで、店内放送がよく聞こえる。耳は集音器のようにいろいろな音や情報を無選別に拾う。情報の取捨選択が難しい私には、静かな現場というのはラッキーな配属だった)。しかし、最初は、この職場がこんなに好適な環境とは思わなかった。何かやってみたい仕事があったら、ダメ元で飛び込んでみることをお勧めする。意外と自分に合ったよい環境の職場があるかもしれない。

また、「先入観にとらわれない――病前に得意だと思っていたことが、病後あまりよくできなくなった事柄については、固執しないで思い切って切り捨てる」ことも必要だろう。統合失調症が、病前最も得意だった分野からダメになるケースが多いことを考えると、従来の常識にとらわれていては、危機を乗り切れない。社会が必要としている能力は何か――自分の残された能力のなかで社会が必要としてくれる能力は何か、考えることも必要だ。

統合失調症にかかるというのは、ある意味で、「生まれ直す」ようなものである。病前よりもよい人生を送っていると思うし、世界観が変わった。シンプルになって、喜びを喜びと感じられるようになった（とても思わないとやってられない、というのも事実)。

いや、人がいいと言っているからといってそれがいいとは限らないし、よくわからないことをしなくてよい人生は、やはりすがすがしいものである。

もう一つ、仕事にしていることがある。実は、そちらの仕事を続けたいがためにスーパーの総菜部で働くようになった。私の人生の転機は、その仕事ができるようになったこと、と言ってもいい。その仕事とは、環境調査である。いったん職も失い、入り直した大学も中退し、何もなくなってしまった時、とにかく働こうと思い直して、偶然、環境調査の会社にアルバイトで入った。そこは、若い取締役が何人もいるような変わった会社で、社員が皆、自然に興味があり、「将来、一人ひとり自立してやっていけるように」という社長の方針の元、それぞれが活発に意見を言っていた。私は過去の経験を生かして資料の整理をしたが、毎日のように周囲で話される「生き物の話」に魅了された。

中でも私の興味を引いたのが「鳥の話」である。その当時、私が見たことがあり識別できる鳥は七種類だった。けれど、その会社では「三百種類見なければ人間ではない」といわれていた。その言い方に、とても興味を引かれた私は、「とにかく三百種類見てみよう！」と思った。会社は程なく辞めることとなったが、私は目標を持ち続けた。会社とは違うところに「鳥の先生」を探し求めて弟子入りし、実地で付いて歩いて、バードウォッチングの世界にはまっていった。

それから八年ほどたち、見たことのある鳥の種類数が三百七十種類に達したところで、私は環境調査の一環としての鳥類調査を、仕事として請け負うようになった。その間も事務系の職場を転々としたが、何とか「鳥を見ること」を続けてこられて、本当によかったと思う。時間がかかる、交通費がかかる、身体がシンドイ、バードウォッチャー同士の人間関係が面倒……今から思うと辞めてしまいそうな要素はいろいろある。けれども私は、つまりは鳥を見ることが好きだったので、何とか辞めないで済んだ。鳥を見ていると、彼らの懸命に生きる姿に魂が浄化されるように感じるのだ。鳥を見るときに対峙する自然の豊かさ・清浄さ・厳しさにもまた、心洗われる。自分よりそして人類より大きい存在に触れることで、人間界において複雑に絡まった思考の連鎖から抜け出し、よりシンプルになって生き直すことができるようになった。

二〇〇〇年の一月から、私は鳥類調査を始めた。そして、その年の十月に、「統合失調症」の診断を受けた。このタイミングは、まさに、偶然に助けられたと思っている。この順序が逆だったら、私は鳥類調査の仕事に就いていなかったかもしれない。それほど、当時「精神分裂病」と呼ばれていた病名の宣告は重いものだった。普通以上に瞬発力や応用力、情報処理の能力が必要とされるこの仕事の難しさを知るにつけ、先に「あなたは統合失調症」と言われていたら、この仕事に飛び込むことは勇気がなくてできなかったかもしれない。

長年続けている仕事とはいえ、フリーランスなので、毎年どのくらい仕事があるのか予想できない。単発の注文を受けることとの繰り返しで、仕事量の保証はない。日当の形でお金をもらっているが、仕事時間は半日に満たない場合もあるし、また一昼夜徹夜の場合もある。たいがいは朝が早く、時間厳守で厳しい。また風雨にさらされるので、それ相応の装備はするが、基本的に体が丈夫な方がいい。ところが、以前事務の仕事をしていた時は、よく風邪などひきがちで休んでいたが、この仕事に就いてからは、少々風邪でも、野外に出て風雨にさらされていると治ってしまったりして、かえって健康になった気がする。やはり太陽光にあたることの効果も大きいと思う。

通いの場合もあるが、たいがい出張である。泊まりの時は集団生活なので、けっこう私にはたいへんだ。身だしなみや立ち居振る舞いについて、いろいろと注意を受けることも多かった。スリッパを脱いだら揃えること、ドアは後ろに人がいないのを確認して静かに閉めること、髪は決まった場所でとかすこと、ドライヤーを借りて返すときはコードをきれいにたたむこと、野外で過ごしたままの服装で布団に入らないこと、化粧をしたまま床に就かないこと、お風呂では髪の毛を縛ってから湯船に入ること、などなど。今でも、何かと注意を受けがちである。

人と対面していることがストレスになるので、それから逃れようとして逸脱した行動をとりがちなのも影響している（部屋で他の人たちが話しているのに一人だけ布団に入るなど、身を守るためにとる行動が集団行動の際にはとがめられる原因になることもある）。大人になってから、このようにこまごましたことを、子どものように注意されることは、プライドが傷つく。だから、そんなことで傷つかないような柔軟な心や、一見なにごとも気にしないように見える外見（薬のせいでぼーっとしているので、そこは助かっているかも）を用意し、打たれ強くなることが必要である。

半分病気だから仕方がないと諦め、半分は努力する気持ちもある。でも、少しは周りの人に合わせないと生きていけない。全部合わせる（それができたら病気ではないだろう）必要はないが、周囲にある程度評価してもらえるように、合わせる努力をする必要はあるかもしれない。けれども、一回一回、一期一会で仕事が終わるので、それも長く続けられている理由かもしれない。

かつては、自分に合った仕事が見つかるとは思っていなかった。幾度もクビになった。そしてその理由が明かされることはなかった。今思い返すと、コミュニケーション上の問題だったのではないかと思われるが、本当のところはわからない。私は何度クビになっても、それでも働くことを諦めなかった。今も、職場でもプライベートでも、コミュニケーションに悩まないときはない。これはこの先も続くだろう。また、年齢や身体的な理由で、今できている仕事ができなくなる日も来るかもしれない。けれども、波に乗っているときは、ちょっとの間でも進んで仕事に行き、時に苦手なことをやらなくて済むように工夫し、休憩し、一服し、よく休んだら、また行動してみるつもり。

それから、過去に「これだけの期間、仕事ができた」という事実は、自分自身の誇りになるし、減らない「資源」を持っているというか、「お宝」を持っているというか。「お宝」が単に光り輝くだけでなく、幾度もクビになったという負の体験＝「陰」があるため、この上なく美しいものに感じられるのだ（手前味噌だが、この味噌がとてもおいしい！）。

家族と仕事のことを少し書こう。私の生まれ育った家庭では、女性も仕事をするのが常識だった。時代がもっと昔なら、仕事につかずふらふらしている女性は、家事手伝いという名のもとに、どこかの家庭に収容されていたかもしれない。それは現実的な対処法だったとも思うが、私の生まれ育った家庭では、それはどうも許されていないように見えた。そして今も、家事手伝いよりも、お給料をもらえるスーパーの総菜づくりの仕事の方が社会的に認知されると思われている気がする。「私」という個人を、社会の中で生かし開いていく試みをするときに、厳しいと思っていた私の家族は、私の「壁」になって現れもしたが、私をスポイルせずに、「社会」に対して開いていくことを間接的に手助けしてくれた。

私は、社会における少数派として、環境調査員の道を歩みながらも、一方で多くの主婦の就職の受け皿となっているスーパー総菜部の働き口を利用させてもらっている。社会で必要とされる労働力が、病後、私のどこに残っているか、冷静に考えた結果でもある。

家族の中で、私のスーパー総菜部勤務は評判がいいとは言えない。兄弟と比べても、職業の社会的評価が高くないと思われがちだ。また、私がかなり仕事の愚痴を漏らしてしまっているため、心配されている。けれども、私は、社会的評価が高い仕事に就けなくても気にしないでいようと思う。私は私のできることをやって生きていく。二足のわらじは大変なことは確かだ。けれども、ちょうどよく気分転換できるというメリットもある。物事に飽きやすいところもある私が、ある程度長い時間続けてこられたのは、二足のわらじで自分を忙しくしたせいもあるかもしれない。

私は、「女性」という枠組みの中にいるにしても、誇り高く育てられたが、働くにあたっては、この「誇り」は自分の行動範囲を狭めたり、私自身を苦しめたりするものとして存在させまい。むしろ今は、最後に自分のために堂々と使うべきだと思っている。

また、天職との出会いはどこに転がっているかわからない。精神的に落ち込んでいても、また風邪などひいて体調が悪くとも、鳥類調査の仕事で一日野外で風に吹かれていると治ってしまう。そんな私の体質は、室内の事務系の仕事をしていただけではわからなかった。病弱そうに見えるので、余計その傾向が強かった。けれども、年間を通して、徐々に暑さや寒さに慣れてゆく段階を踏みながら自然の中で過ごすのは、ずいぶんと具合がいいものなのである。もちろん、防寒グッズや暑さ・日焼け対策など、こまごまとした装備は必要である。けれども、私は、「無為に」野外にいるのではない。常に「鳥」を探している。これは私が、「無我」の境地になれる動作の一つであるが、「鳥」を探しながら、私は、「幸せ」を探しているのである。無論、見つけた時には、常に「大喜び」である。なかなか見つけづらいものなら、なおのこと。

これらの仕事と私の関係は、とても個人的な感じ方によって支えられている。スーパーの同僚は、私のことを、「他にできることがなく、この仕事をやっている」と思っていて、総菜づくりが私に合っているとは考えていないだろうし、鳥類調査の同僚にも、「鳥が好きでこの仕事をやっている初心者だけど、いつも低空飛行」と、天職だとは思われていないだろうし、評価が高いとはとても思えない。けれども、総菜づくりは、私が「鳥類調査」を続けるために「必要な」仕事で、「鳥類調査」は、私にとって、私の存在にとっての「天職」なのである。ここにきて私は、自分で探し出した、自分のための仕事を、世間の評価、また家族の意見にも左右されず、探し当てたといえる。自分で作り上げたこの「城」を、いつ解体しなくてはならないかもわからないが、一度作り上げた記憶は私の中に残っていくだろう。

コラム　福島記

福島県南相馬での仕事の折、現場で一人、橋の袂で鳥類調査をしていると、白いバンがやって来た。四人組の男たちが「お疲れ様です」と声をかけながら、ばらばらと車から降りて来て、地面に埋め込まれた、丸い五百円玉程の大きさの、赤とシルバーの〝基準点〟の印の所で、放射線量の計測を始める。

「──コンマニーゴー」

「──コンマニーゴー」

「──コンマニーヨン」

「──コンマニーゴー」

四回測った後、速やかに車に乗り込むと、白いバンは去っていった。私の居た地点の放射線量はおよそ0・25マイクロシーベルトだったようだ。その場所は、海岸線にほど近い場所で、川が海へと流れ込む手前の平野部だ。

調査終了間際に、橋の上の街灯に、静かにオオタカが止まりに来た。私という邪魔者がいなくなるのを察知して、狩場に入場して来たのだ。それは、私が「オオタカがやって来そうだ」と感じた、まさにその方向からだった。オオタカは、しばらく街灯から街灯へ飛び移りながら、辺りを見回していたが、突然飛び立ち滑翔降下すると、川土手の叢の陰に見えなくなった。ハンティングだ。それは、若干やつれた様子の育雛期後半の雌で、通常雄より大きな体格とされる雌にしては、頭は大きいがスマートに痩せていた。

海岸線には長い距離を積み上げた堤防や、造成中の堤防、破壊され堆積したものの山などと共に、遠くにクレーン車が何台も見えた。眼前の川も、津波が来たときには氾濫して溢れていたのだろうと想像された。今はただ、静かに丈高い草がなんでもない顔をして生い茂っている。そんな場所でオオタカも、ミサゴもノスリも繁殖し、生の営みを続けている。ミサゴが得意そうに運んでいる魚も、オオタカが狙っている鳥も、ノスリが捕まえる哺乳類などの小動物も、かなりの程度放射能に汚染されているかもしれない。けれども彼らは生きている。私たちと同じように。私たちよりも、ある意味ではたくましく。だがそれも人間の勝手な思い込みか。

三日間の日程を終え、現場から福島の駅まで車に同乗した。運転者は同僚の調査員だが、彼はクラシックな針目盛の線量計を持参していた。チェルノブイリの事故の後に購入したという。彼とは付かず離れずの距離を保っていたので、助手席に座りつつも緊張感があった。そして予想した通り、彼は放射線量を測定しながら、福島駅までの車で一時間ほどの道程を走り、私はそれに同道することとなった。

私の膝の上で音を立てて反応を示し続ける線量計は、目盛りが3まであった。その一目盛の半分ほどが、通常の自然界での放射線量だという（0・1マイクロシーベルトくらいだろうか）。途中、現在地を示すカーナビの表示画面と、線量計の目盛りが示した数字を、手で無造作にちぎったメモ用紙に書いて一緒にデジカメで写し、記録を取っていった。彼に放射能と放射線の違いや、雨との関係を聞きながら、車窓を見る。

途中、飯館村を通る。線量計の目盛りは、激しい反応音と共に、1、2から3以上になる。車の中ですらそうなのだ。除染作業の跡と思われる、土をビニール袋に詰めて置いてある場所がそここにある。途中、「臼井小学校」と看板の出ている前に、除染をしたビニール袋が大量に列をなして置かれている場所を通った。線量計の値は高い。小学生と放射能の関係を思うと胸が痛くなる。避難した小学生たちが集められ、三校が合併した小学校があると、同僚から聞き、車窓を見ると、本当に三つの校名が並んで書かれた看板の立つ小学校が見えた。すぐにはそれとわからないが、よく見ると壊れた廃屋、カーテンの閉まったままの家、人の姿は少ない。ガソリンスタンドにだけ人が居て目立つ。同僚に、どうして放射能と放射線の違いや小学校の事などを知ったのかを尋ねると、「真実が知りたいからだ」という答えが返ってきた。

真実を知る。私の心の中でいつか重たいおもりを持って底に沈んだものが、言葉によって鈍く浮かび上がる。真実？　生きるためにそれが必要だったのはいつ頃までだろう。生きるために多くの事に目を瞑ってきた。仕事についても。それを彼はいい加減にはしていない。「放射能の影響は恐らく誰にもわからない。しかし、危険だということは、誰もがうすうすながら何となくわかっているはずだ」という言葉に沈黙した。沈黙はしかし、無ではなかった。彼は車を降り、草の茂った道の中に踏み込んで線量を測っている。彼の、シンプルだが、確かな感情と行動。私の感情と行動もどこかにある。それはどこなのか、いまや丹念に探さないと、簡単には出てこない。

コラム　離島へ

去る秋、東京渋谷から夜行高速バスに乗り、日本海側の港に翌朝着いた。港でいかすみソフトクリームを食べ、食堂の朝食海鮮丼を尻目に、持ってきたカロリーメイトで朝食を済ませ、酔い止めを飲んで船に乗船。同乗のバードウォッチャー二人は甲板に出ていたが、私は途中で船室に戻った。船は七十五分で島に到着、港は秋の渡り鳥を見ようと、島に集まったバードウォッチャーでごったがえしていた。旅館は以前泊まったことのある旅館。上陸してすぐ昼食を食べようと島をさまよったが、センターの食堂もN食堂も、観光的にはシーズン・オフで営業していない。持参のナッツとせんべいでしのぐ。島を一周する道路を歩いていると、近づいてくる二人組。そのうちの一人が駆け寄って来た。よく見ると、以前の仕事の同僚で、年齢的には大先輩のUさんだった。

この島で記録された、日本初記録のノドジロムシクイ（大別すると、ウグイスの仲間）を見るために、予定を早めて島に渡り、見事見ることができたという。私は二日遅れを取って、鳥は島を抜けてしまったが、情報自体知らなかったので仕方ない。翌日会おうと約束し、日没となったので、Uさんともう一人と別れた。

旅館に帰ると、部屋は十一畳の鯛の間。広々としていたが、一人には若干寂しかった。旅館には私しか客がいない。普段は釣客で賑わっているようで、食事場には六〜八キロの鯛の魚拓がずらりと張ってある。

翌日、日の出前に起き、対岸本州の鳥海山の朝焼けを新しいカメラにおさめる。旅館から島を横断する道路へと階段を上がると、Uさんがいた。しばらく連れ立って歩くが、なかなか鳥の姿を捉えることができない。少し歩いて小さなダムの入り口に来ると、二人のバードウォッチャーの先客がいて写真を撮っている。「そっちにムシクイがひとつ行くよ」と言われ、双眼鏡で追うと、見たこともない明るい黄色の胸をした、大きく見えるムシクイ。大先輩のUさんは捉えることができなかった。私一人が見ている間に、ムシクイは去った。

Uさんが本州へ帰る船の乗船時間となり、私たちは別れたが、私の探鳥は続いた。顔見知りとなったバードウォッチャーたちと情報交換をしながら、島を一周した。

旅館に帰り、初めて見たムシクイを同定しようと図鑑をひっくり返す。モリムシクイを見たことのあるバードウォッチャーの知人に連絡を取って情報を仕入れ、その離島で過去に記録があることがわかった。自己満足の世界だが、自分の見たことがある鳥の種類のリストにモリムシクイを加える。バードウォッチャーとしてはとてもうれしいことだ。

翌日も、朝五時二十分から夕方五時くらいまで探鳥。新たに、メジロの群れに一羽交じるチョウセンメジロという珍しい種類も教えてもらって見ることができた。そして、その日の船で新たに上陸した一団に、チョウセンメジロの情報を教えた。

その一団に、新しいカメラで撮ったマミジロタヒバリだと思った鳥の写真を見せると、「間違っている」と指摘され、驚く。その後、自分でも調べて間違いを自覚し、指摘してもらったことを感謝する。何しろ、その間違った識別を得々として、ある初心者に教えてしまったのだから。翌日、その人に会って間違いを詫び、根拠を説明したが、意外にも「そんなこと気にしていない」とのこと。バードウォッチャーもいろいろだ。私なら大いに気にするところだ。

モリムシクイのいたダムの入り口に何度も戻り、もう一度現れないか、写真が撮れないか、と頑張ったが、モリムシクイが再び現れることはなかった。晴天続きのため、次の目的地に渡ってしまったのだろう。その代わり、その場所ではシメという太めの小鳥の、初列風切の五番目の羽根を拾い、とてもうれしい拾いものをした。その鳥のその羽根でしか見られない、先端に濃紺の色の着いた段差のある変わったデザインの羽根だ。後日調べると、どの羽根図鑑にもそれは載っていた。

帰りの船の時間が近付き、知り合いになった人と話していると、港から駅までタクシーで同乗しないかと、他の二人に誘われた。四人でタクシーに同乗し、電車でも鳥の話に花を咲かせながら、それぞれ買ったお弁当を食べ、知らない者同士で仲良く帰った。

一人旅で始まった探鳥旅行が、帰りには四人になった。普段はどちらかというと人付き合いが苦手な私が、鳥見に熱中するあまり、かえって人と出会えたこの体験がいつになく貴重なものに思われた。

第三部　暮らしを振り返る

第五章　病を得る前・得た後

自分の人生の大半が、精神的な病との闘いとなるだろうことを、私はかつて予想もしなかった。上昇志向の両親の元に生まれた長女として、過度の期待に応えなければならず、いつもいっぱいいっぱいで、外見はどうあれ、のびのび育ったとは言い難い。

大学受験の十八歳ごろから何かがおかしく、私の人生は大きく変わった。はじめのうちは統合失調症と診断されず、精神科を転々とした。統合失調症と診断されたのは、三十代も末のことである。それまで心身の不調を抱えながら、他の人にできることが私にできないはずはないと思い、自分なりの努力を何とか続けていた。

また、病気であることを、何度も家族に手紙で報告しても、はかばかしい反応もなく、ほとんど無視されたと感じた。手紙の内容はよく覚えていないが、だいたいこうである。「統合失調症には陽性症状と陰性症状があって、私の場合……」。よくはわからないが、私の文面があまりにも淡々と客観的で、両親の想像するような窮状を訴える文章ではなかったために、かえって二人はどう答えてよいかわからなかったのだろうか？「うちの子が病気であるはずがない」「世間に出ていくのに、精神的な病であることを公にするのは危険である」と、両親が考えていたためだろうか？「普通、あるいは普通以上」に生活することが期待されていた。そのことが私の人生をさらにハードなものにしていた。発病以前のそれまでの人生も、今から思えば、病気の種を内包した、危なっかしい歩みだったとわかる。

私は、とにかく、無口な子どもだった。ろくに返事もしなかった。そのため他人からは不機嫌か怯えている子どもに見えただろう。

悲しいことがあると石を拾う――。幼稚園児の私のポケットには、いつも小石が入っていた。今となっては具体的に何があったのか覚えていないが、病弱で休みがちだった幼稚園が、楽しい場所でなかったのは確かである。たとえば、鬼ごっこができなかった。他の子を鬼にするのはかわいそうに思い、自分が鬼になってしまうと、いつまでも鬼のままで、ごっこ遊びが成立しないのである。牛さんがかわいそうと言って、お肉も食べられなかった。この偏食も、かなり後まで続いた。

小学校に上がって勉強が始まると、やっと楽しくなってきた。私にとって幼稚園のお遊戯は、他の子とあまり仲良くなれなかったために、何が楽しいのかがよくわからなかった。それに比べて、知らないことを教えてもらったり、いろいろなことを新しく覚えたりすることが好きな私は、学校の勉強は面白かった。しかし、小学三年の時に転校し、下町から山の手の学校に転校すると、新しい環境になかなかなじむことができなかった。皆が習字やそろばんなどの習い事をしていて、学校の習字の時間に私は、クラスの女子の中でひとりだけ「よくできました」のハンコをもらった。他の女子は皆、「たいへんよくできました」のハンコだったのに。

中学に入ると、長く続いた足の捻挫のため、体育ができなかったことを心のバネにして、自分の性格を変えようと積極的になった。そのころは友人にも恵まれ、触発されていちばんよく勉強した。

ところが、進学校だった高校に入ると勉強の競争が激しい校風になじめず、成績も低迷した。異性との話し方がわからず、クラスに好きな異性を勝手につくって、授業中その男子の姿をスケッチしてばかりいた。妄想がどんどん広がって胸いっぱいになり、ついには頭もおかしくなった。地下鉄の駅で待ち合わせをしたつもりで待っていたのに、男子は来ず、二時間待つ間に頭、後頭部から首筋までが、ピシッと音をたてて壊れた。

発病したのは十八歳から十九歳のこの頃であろう。私は一人で歩いて行けるところにある精神科クリニックを受診した。実のついている木の絵を描かされ（バウムテスト）、「たくさん描くのね」と女医さんに言われ、「あなたは来なくていい」と放免された。両親には相談らしい相談もしなかった。自分の頭が壊れてしまったことを、私は知っていたが、いったいどう言えばよかったのだろう。子どもが多く、仕事で忙しい両親に、悩みをうまく打ち明けられなかった。

高校三年の終わり頃から視線が左右に交錯し、本も読めなくなった。常に頭痛がし、時折心臓が苦しくなって、教会や美術館で横になったりしていた。その不調の中で大学受験を強行し、一浪の末、東京の大学に入学したが、不調は在学中ずっと続いた。絵を描くのが好きだったが、頭が壊れてからというもの、作品を完成させることができなくなっていた。勉強も語学もできなくなった。頭がいい（学校の勉強ができること）だけが取り柄だったのに、頭が壊れたので死ななければいけない、と思った。そして自殺を敢行して失敗した。

そのあと、網膜剥離になり、目の手術をした。その時は外科的病気が見つかって大喜びした。

それまで、頭痛や不眠などの身体の変調を訴え、病院で脳波やCTスキャン、MRIなどの検査をしても原因が見つからず、精神科をはじめ病院を転々としたが、病気とは認めてもらえなかった。つらさだけが続いていたため、失明の危険があっても手術して治る病気は大歓迎だった（その後の視力は、老眼になるまではとくに苦労しなかった。定期検診では、バードウォッチングを楽しむ「幸せな予後」と言われた。網膜剥離の原因は今でもわからないが、発症当初の視線の交錯とは関係ないと思う）。

その後、大学卒業後に就職した。二度目に受けた公務員試験に合格し、市の職員として配属されたが、周囲の同僚が皆、私とは違う能力を持つエリートに思われ、「私にはこんなところで働く資格はない」と思い、悩み続けた。自分の劣等感がどこから来るのか、この時まだわからなかった。

四年間の勤めの後に、私にできる唯一のこと、「勉強」に戻ろうと離職し、大学に入り直した。バブル崩壊前だった。十才以上若い人たちの間で孤立し、仲間に入っていくことができなかった。目の前に立ちはだかる、やらなくてはならないことの壁——複数の語学の勉強、専門書の読解、毎日の授業の予習……。それらに恐れをなして気持ちがくずおれた。

結局、大学を中退し、アルバイトを始めた。その後、アルバイトを転々とした。自分に何ができないのか、どうしてできないのかがわからなかった。私は「優秀」でなくてはならないのに、「何か」ができないため、クビを切られた。努力に努力を重ねて働いた結果、本当に何度もクビを切られた。恋愛もうまくいかなかった。

そのうちに、「統合失調症」に典型的な症状が現れた。その頃、ひとり暮らしだったが、街中の人が私をウワサしているように感じた。電車に乗っても、ウワサは鎖のようにつながって、人から人へと伝えられ、どこに行っても逃れることができなかった。そんな中、私を「統合失調症」と診断する医師が現れた。言われて肝が据わった。いろいろうまくいかないことを「病気のせい」にして棚上げすることで楽になり、ハードルを低くして、現実に達成できるものに変えていけるようになった。

統合失調症の典型的な症状は、急性期のほんのいっときだったとも言えるが、病気はそんなに簡単ではなく、仕事上でもその後も不都合は続き、せっかくうまくいっていたアルバイトも、病名をオープンにした途端、クビを切られた。二十人くらい一度に採用された中からリーダーを選ぶ際に、私がそのリーダーになるよう白羽の矢が立ったのだが、それを知らされた途端に心配になって、自分の病名、統合失調症であることを打ち明けたら、理由は告げられずに解雇された。社会はそれほど寛容ではなかった。

それ以降、私は「自分のために」ではなく、「自分以外の人のために」病名を隠しているのだと思っている。一般の人は、「精神病者」をどう扱ってよいかわからないため、差別するのではないだろうか？　誰もができるはずの「何か」ができないため、私は職場でクビを切られ、人間関係もうまくいかず孤立してしまうのだ。それが何なのか、どうしたらできるようになるのか、今もまだはっきりとはわからない。

現在、私は会話教室に通っていて、その信頼する言語トレーニングの先生にも大変お世話になっている。私のわからないところをフォローして強化してもらっているが、完全にわかってもらえるとはあまり思えない。先生に、私が何がわからないのかをわかってもらうのが難しいのだ。また、先生の与えてくれる課題を私が理解するのが難しいのだろうか。けれど、レッスンはやったほうがいいと思っている。困っていることは「コミュニケーション障害」としか言いようがないが、今の私は、コミュニケーションをとらなくてもいい方法を考えて、いくつかの仕事をかけもちすることで、何とか毎日を過ごしている。

私の場合、病名をオープン（開示）にするのではなく、クローズ（非開示）で職種を選んで働くことにより、充実した生活を送れるようになった。その職種が、体面を重んじる親の期待に沿わなくとも。ある一時期いちばんつらかったのは、親・兄弟とのコミュニケーションであった。他人の場合、傷つけられることはあっても、その傷は深くはない。未熟な者を教え導びこうとしてくれる人も一人や二人ではない。人のなかに入る体験を曲がりなりにも重ねるうちに、その安心感を得た。

もちろん、今でも危険はある。今の趣味に例えて言えば、五十人参加の「野山を歩く会」があるとすれば、誰彼と会話を交わしながら野山を歩くうちにひとりきりになり、いつでも「四十九人対私ひとり」になる危険をはらんでいる。どうしてそうなるのかわからない。それでも、人の輪のなかに入る勇気を持ち続けていたいと思う。

思い返せば三十数年前、大学に入学したあとも体調不良が続き、頭痛がない方が珍しいような状態だった。見慣れないキャンパスを歩きながら心臓が苦しくなり、大教室のいちばん後ろの机の上に寝そべって、ひとり、楽になるのを待っていた。

社会人になろうと奮闘していたときも、昼休み、会社をさまよい出て、近くの教会の誰もいない礼拝堂で、椅子の上に横になり、時がたつのを待っていた。今では、このような「駆け込み寺」のお世話にあまりならずに過ごせている。

現在はというと、一日中立ち仕事、手作業の、スーパーの総菜づくりの仕事をしている。自分の話していることが相手にどのように受けとられているのか、よくわからない。また、相手が何を求めているのかもよくわからない。おぼろげながら、「こうかな？」と想像してそのように何か言ってみるが、どうも微妙にズレているらしい。みんなは、「話し方マニュアル」を持って生まれてきているのに、私だけマニュアルを持って生まれてこなかったみたいに、ひとりぼっちだ。とくに昼休み、人と話をするのが苦痛だ。大急ぎで昼食を食べて、あとの時間は狭いトイレに閉じこもる。強いて言うなら、これが現在の私の「駆け込み寺」だ。なるべくひとりの時間をつくって、気持ちを落ち着かせたいと思う。孤独なのに、さらに孤独になる必要があるのだ。

先日、精神障害者の雇用を支援する会社を訪問して面接を受けた。「今働けているんだったら、ここに来る必要はないですね」と言われて、突き放されたように感じた。

しかし、面接してくれた人は、職場で具合が悪いときには、構われるより放っておいてほしい病者の気持ちをわかってくれていた。理解されて働ける場は、少しうらやましい。しかし私は、いろいろな苦しいことがあっても、何とか表面に出さずに切り抜けて、平気を装って生きる方を選んでいる。それは仕方のないこと――仕方のないことが、世の中にはある。

振り返れば、幼少時からの習い事や勉強など、やらなければならないことを仕事のようにこなし、それが常にオーバーワーク。家族の中でも言いたいことも言えず、やりたいこともやれない。気がつくと誰かと比較されて、私には義務しかない……。そう感じながら生きるのも仕方がなかったのだとしても、そうして積もったストレスが病気の引き金になったのかもしれない。

両親との関係のことで、時々思い出す場面がある。ある時、私が結婚しようとして失敗し、実家に戻っていた時のことだ。あるいは、違う痛手を負ったあとだったか、記憶が定かではない。断片的な記憶によれば、私と両親とのいちばんつらい時期だった。

その夜は、両親の布団の間に私の布団を敷き（そうしなさいと言われたのだろうか）、文字通り「川の字」で床に就いた。夜中に苦しくなって目が覚め、声をあげた。両親は私が発作を起こしたことに驚いていた。両親の間に寝ていることが、私の苦しさの根源と思われた。私を責めるように見えた両親に恐怖し、声をあげた。母がコップ一杯の水を持ってきた。私はその水に〝毒が入っている〟と思った。そう思ったものの、そう思う自分の方が何かおかしいという自覚があったのか、両親に逆らえなかったのか、その水を飲んだことを覚えている。両親は私に対して思いやりを持ちにくい状況だったかもしれないが、悪感情と言えるほどのものは持っていなかったと思う。けれども、私の意識としては〝殺される〟くらいの恐怖を感じていたわけで、これがこの病気の最も困難な様相だった。両親の心配を理解せず、まったく逆のことを思っていた私だが、病気とはいえ、そんなことを思ったことを申し訳なく思う。しかしあの夜のことは、現在のしっかりした自分を作り上げ、自らを取り戻すために通らなければならない関所だったのかもしれない、と今は思う。

まずは何をおいても、信じなければ育つことの難しい両親の愛情。それを信じられないのは、不幸と言っていい。けれども私は、統合失調症という病気を通して、例えて言うなら、「ぜい弱だった自らを、もう一度火にくべ焼くことで、鍛えなおした」のかもしれない。まず自分の感じ方を信じられるようになった今では、親としての両親の愛情も信じられるようになってきた。

私の部屋には、心ある精神科医とその家族が作った、手書きのイラストと、その日の言葉がついた日めくりカレンダーがある。

一日――「休み休みいこか」カメの絵。

十四日――「孤立はようないねえ」ウサギの後ろ姿に影が伸びる絵。

二十日——「一日動いたら一日ゆっくりしいや」ネコが忙しそうにケーキを作っている絵。

このような、楽に生きる方法やエッセンスは、多くの人のためになると思う。関西弁でつづってあるのもいい味を出している。

これらの言葉が身に染みるのは、病を体験したからだろう。病を得る前と得た後で何が違っているかと言えば、際限のない劣等感に底ができた、ということだ。ソコから何かを始められる出発点ができたというか、水を溜めるための壺に底ができたというか、努力が無駄にならないと感じる気持ちができたというか。自分はどれほどのものかと具体的に考え、自分に見合った努力ができるようになった。

私は学校の勉強でどんなにいい成績をとっても、底の知れない劣等感から逃れられなかった過去がある。しかし、自分の劣等感は主に、他愛のない会話のシーンで、自分の思っていることが表現できないことに根差しているとわかってからは、問題がより小さくなったと思う。自分は自分でよいではないか、私はこの自分に満足している、と紆余曲折を経たあとだが、そう思えるようになった。それには、仕事に就こうとして幾度もクビになった体験、そうした形での社会との遭遇体験も含まれる。だから、皆さんもぜひ、人生に無駄はないと思ってやれることをやってみてほしい。「自分で人生を転がしていく体験」ができるまで、生きてみてほしい。

それには、少し人生の見方を変える必要があるかもしれない。病を得たことが、逆に見方を変えるチャンスになるかもしれない。

第六章　世に棲む（日常生活の彩り）

最近、母が私の過労を心配して、毎日のように電話で話を聞いてくれる。母に対する葛藤を診察室どころか、どこでも語らずにはいられなかった関係の時とは、変わったかもしれない。母も老年に入って、自分自身のことより、娘の生活に目を配る余裕と好奇心が、以前よりかえってあるのだ。ともかくも、心配してくれるのはありがたいことだ。この世に、こんなふうにわが事のように、私を心配してくれる人はいないと、ようやく感じるようになった。もちろん、母娘といっても違う人間なので、価値観も違うし、知っている世界も違う。しかし、私が耐えているつらさをわかろうとしてくれる態度を、やっと感じることができるようになった。母も変わったのだと思う。

母は、実社会で働くことから何とか逃げおおせたかもしれないが、私は逃げていない、と自負することができる。どちらがいいとは一概に言えないが、私は自分のやっていることを否定するつもりはない。つらさ・しんどさの中に、生きている確かさも含まれているから。

しかし、現実は厳しい。あまりのハードスケジュールで、十年以上遅刻をしたことがなかったのに遅刻をしたり、手元が狂ってけがをしたり。ほかにも、電車の網棚に荷物を上げようとして、重くて持ち上げられなくなったり（私は時には十四キロほどの相当な重量の荷物を仕事のため持ち歩く）、歳とともに大変になるさまざまなことがある。今も、昼休みは、コミュニケーションに疲れて、ご飯を食べたらすぐトイレに閉じこもる日々。

でも、「それでも、地球は周っている」ではないけれど、それでも、毎日は過ぎていく。その中でも、今日は気持ちのよい青空が広がっていたなとか、風が心地よかったなとか、雨でしっとりした気分になったなとか、そんなことくらいは感じられる心の触手を持ちあわせていたい、と思う今日この頃だ。

夏目漱石の『草枕』ではないが、とかく、この世は棲みにくい。三十年以上前に発病し、〝病〟を得てこのかた、どこにも手本のない状態で手探りで生きてきた。〝治るためには何でもする〟

と一時は思い、職を得る経済的安定すらいったん放棄してやみくもにもがいてきた。けれども、手放して初めてその価値が分かることがこの世にはある。お金も、愛も、人の温かさも。この三十数年の間に、世の中も変わった。便利になったこともたくさんあるが、かえって不自由になったと感じることもある。

私は病気の要素も手伝ってか、かなり恋愛体質だった。自力で生きる努力をする以上に、人に頼る気持ちが恋愛に向かった。でも、それがいけなかったとは思っていない。ひたむきな気持ちが、今では懐かしい。ただ、現代的世相も手伝って、この恋愛幻想は相手に不足を来しはじめたのである。相手が年下になっていき、恋愛に慣れていない。そのうえ、経済社会状況を反映して、しばしば共同生活での貧困に耐える勇気がなくて恋愛に踏み込めない、という事態に陥ってしまった。あるところまでは、とてもスムーズにコミュニケーションできるが、そこから先には世界が開かないのだ。

う〜ん、私が病を得ながら恋愛遍歴している間に、世間は変わった！　これでは、「経済的に楽になるから結婚しよう！」と言うしかないかも。こういう、「いきなり結婚」も、現代ではままある。恋愛の過程を楽しむなどという余裕は、バブル時代以前のものらしい。私には、「いきなり結婚」とか、そんな冒険はやはりハードルが高すぎる。こちらはこちらで、日々の生活の中で、なるべく刺激の少ないやり方でやり過ごす方法を編み出しているので、それを壊してまで、新たな恋愛に飛び込むことはできない。つまらないかな？　しかし現実の生活はそれどころではなく、労働時間が超過している。働くしか能がないような勢いで働いているが、もう少し、日常を振り返る余裕が欲しいものだ。幸い、恋愛対象とは思っていないが、同僚の少し気を許した人たちとは、コミュニケーションが取れはじめている。同性のつきあえる友人は、まだ、職場にはほとんどいない。

「『心の生ぶ毛』とでもいうべきものを磨（す）り切らせないことが大事なのだ」（『中井久夫と考える患者シリーズ１　統合失調症をたどる』中井久夫監修・解説、ラグーナ出版、二〇一五年）。患者の持つ繊細さ、やさしさ、そして人への敏感さを、「心の生ぶ毛」と呼んだこの人、私の尊敬する精神科医・中井久夫氏はこう言う。「この『心の生ぶ毛』のようなものこそ、彼らの社会復帰（中略）におけるもっとも基礎的な資本であると私は思うからである。彼らが社会に生きる上でおおむね不器用な人であるとかりにいわれても、彼らの『心の生ぶ毛』とでもいうべきもの（中略）は必ず、世に棲む上で、共感し人を引きつける力を持つであろう」と。何と優しい共感に満ちた言葉だろう。

このことが、最近、実生活に即してわかりかけてきている。「心の生ぶ毛」によって、私はまるで幼い子どもであるかのように周囲には映っているかもしれない。しかし、その気持ちや感じ方をわかって共感してくれる人が周囲に必ずいる、という言葉は、私にとっても、実感を伴ってきている。

私は現在、比較的恵まれた職場で働いている。病気を隠して働いていて、病気ゆえの未発達の言葉のコミュニケーションスキルの問題はあるが、自分でも予期しなかった驚きの方法でそれを乗り越え、思ってもみなかった喜びを仕事に見いだしている。それは、想像するに、健常者なら、人間関係の中で普通に体験していることかもしれない。

私の人生にとって、人々の集団の中心に、瞬間的にでも居たりできるのは、いまだかつてないことだった。そんな体験を、ありふれた仕事と思われているスーパーマーケットの、総菜部の総菜製造担当のパートタイマーで経験した。売り場に総菜商品をカートで出しに行く際に、即興で考えた売り込み文句を言うことで、それが職場のコミュニケーションの潤滑油的に働いたのだ。最も、それははかないもので、いつでもうまくいくわけではないけれど、それでも私には、淡々と実務をこなす喜びと、人とのコミュニケーションにトライする喜びとが両方残されている。晴れたら仕事にいそしみ、雨なら読書する、「晴耕雨読」のように。

私の「統合失調症」は、半分は体質、半分は環境にその要因があるように思う。普通の人が「ここでは感情を出していい！」と思う瞬間に、私はその気持ちを、自分で感じる以前に押し殺してしまっていることに、五十代になりようやく気付きはじめた。抗議して当然のときに、抗議できない。感謝すべきときに、気持ちを出せない。職場で手作業をしながら、気持ちが高ぶるときに、ようやく時々、声をあげることができるようになってきた。

最近では、テレビを続けて見られるぐらいには、精神生活が安定してきた。好きなテレビ番組を、毎週どの曜日のどの時間にやるかを把握していつも見る。皆がしているそんな当たり前のことがなかなかできないほど、いつも気持ちに余裕がなかった。

「西郷どん」は、とても好きなNHKの大河ドラマだが、原作も林真理子さんだし、脚本も音楽も女性だ。彼女の書く小説のファンではないのだが、大河ドラマの原作が女性というのは面白い。とくにオープニングの音楽は、壮大で気に入っている。また、主演の鈴木亮平さんの、「めったに食べたことのない米の飯をうまそうに食べる演技」など、若い俳優さんなのによくできるな、と感心。

また平昌オリンピック報道も、スポーツニュースとしては初めて、心に響くテレビ番組となった。以前は、外界で起こっていることに関心を示す余裕がなく、自分の問題で常に心がふさがっていた。数々のメダルを取る若いスター選手が登場する中、新聞の朝刊に写真が載っていたスケート選手の表情を見て驚いた。なんと精神的な、深みをたたえた表情。その人は、いつかなるときもそんな表情をしているのではないことも、後にテレビを見てわかったが。高木美帆さんがその人だ。

美帆さんは、姉の菜那さんと姉妹スケーターで、団体パシュート競技では共に同じグループで金メダルを取っている。そしてその後の展開もあり、マススタートというスケートの新競技で、姉の菜那さんが金メダルを取ってしまったのである！　妹の美帆さんは、個人では銀と銅メダル。悔しかったのではないだろうか？　けれど、その後の世界選手権で、美帆さんは日本人で初めて総合優勝をして、世界的に栄えある「クイーン・オブ・スケート」の称号を獲得した。

こんなすごい姉妹の切磋琢磨は見たことがなく、世界を舞台に、いろいろな感情を感じながらも常に努力している姿は、本当に勇気づけられる。そんなことに目がいくようになったのも、今まで自分のことで精いっぱいだったが、ようやく社会のことにも目が開かれてきた、状態の緩やかな変化のおかげである。

話は変わるが、私にとって本屋というのは、好きなような嫌いなような場所だった。本を読むのはどちらかというと好きだったが、読む速度が遅いため、他の人と比べて読書量が少ないと感じることが多く、劣等感の源であった。人によっては、「本屋さんに行くと、読んだ本ばかり置いてあってつまらない」という、私が驚くような感想を持つ人もいるが、私にとっては、読んだことがない本がたくさんあるので、ちょっと緊張する場所だ。それでも本屋に立ち寄ることは止められない。

大学時代から、私は、グラビアのたくさんついた女性誌が積んである所によく引きつけられた。女性誌の巻末にある星占いなどの占いの頁をすべてチェックしていたのである。その習慣は現在まで続いている。けれど、実際の生活では、同世代の女性の友人と話をすることはあまりなく、とくに、女子のグループとなると、話のスピードについていけないし、言いたいことも言えない。なかなか話す機会もないのだが、女性誌をパラパラめくることだけは止められない。家族などは、そんな雑誌は美容院に行ったときぐらいしか見ず、買って読んだりはしないらしい。それでも、書店の醍醐味を味わう方法を最近になって思いついた。一枚の絵を見るように、全体をいっぺんにつかもうとするからめまいがするのだ。書店の全体の姿をいったん見ないようにして、端のわずかな一角を少しずつかじっていくようにして味わうとうまくいった。

私の病状の一つに、他人の言葉に、自分に刃を向けてくるような意味を見いだしてしまう、というものがある。前述したが、都会の雑踏、住んでいる商店街を歩いていると、道行く知らない人が、自分のウワサをしているように感じ、だんだん周囲の人々によって追いつめられていくような気がして恐怖したことがよくあった。

誰か一人と、またはグループ内で言葉を交わしたいのに、できない状態がかえって、人のウワサに追いつめられ虐げられる状況を引き寄せていたのかもしれない。首まで水に漬かっているのに水が飲めないギリシャ神話の登場人物のように、私は人の言葉に飢えていたようにも思われる。それゆえ、占いの言葉のような、何を意味しているのかはっきりとはわからない象徴的な言葉にまで助けを求めていたのだろうか。

江戸時代の人々は、「辻占（つじうら）」と言って、人の集まる繁華街や人通りの多い橋のたもとなどに行き、耳に入ってくる言葉の端々に、自分なりの意味を聞き取って生活のヒントを得ていたという。私はそんな余裕のある状態ではなかったが、かつては都会を行き交う人々の言葉の切れ端を積極的に求める文化があったのだろう。

打って変わって自らを振り返ると、今でも、一般の職場の飲み会などは、本当に苦痛である。お酒はほぼ飲めない。若い頃はお酒を飲むことにもトライしたが、急性アルコール中毒で二度ほど倒れたことがある。アルコール分解酵素を体内に持っていないからだろうか。以来、注意して飲まないし、統合失調症の薬を処方されてから、薬とお酒の相性はよいとはいえないため、なおのこと飲まない。何人もの人のいるところではタイミングがうまくつかめず、たいがい言いたいことは言えない。人から言われた言葉の端々が凶器となって心に突き刺さり、それがストレスとなってどんどん膨らむ。お酒の味だけを楽しみ、料理を食べること以外にいいことはない。その時間内、ずっと苦痛なのである。もちろん、お酒を楽しむ人の邪魔をしたいと思っているわけではないのだが。

では、どこで話すか？　私は精神科クリニックで、自分の窮状を訴えてきた。けれども、かつての主治医であったアザミ先生は、私の困っている話を、うまく聞いてくれず、私は話すのをやめた。幸い、それでも困っていること以外の話をすることで、何とかその場をしのいできた。患者は、主治医との相性によって、大きく精神状態が左右されてしまう。今は、ホンソメ先生に出会えて、とりあえずほっと心温まる診察に一息ついているが。

私が日常考えていることは、超一流の言語学者でもないとわからないかもしれない（これは、決して傲慢（ごうまん）ではなく、困惑しているからそう思っているのである）。あるいは、日常会話を細かく分析して、演劇として再現する試みをしている、平田オリザという劇作家なら、わかってくれるかもしれない。精神科の診察室でそういう分析話をしても、アザミ先生は対応できない。私は分析癖があるのでどこかでそういう話をしたいが、話をする場所がない。けれども、そういう話はしない方がいいのかもしれない。私には世間話のセオリーがわからないが、わからないなりに何とか慣れていくしかないのかもしれない。

家族の問題も、「社会の中に置かれた家族」というような、流動的な存在という見方ができれば変わる気がする。「現実」は、私が「想像して恐怖する世界」より、さらに想像のつかない展開を含んでいる、というのが最近の感想だ。しかし、「現実」は、思ったより私に優しかった。「現実」を知らなければ「想像」もできない。「想像」が「現実」を上回るようなよい経験は、あまりしたことがない。たとえば、ＴＶで知ったのだが、『わたしを離さないで』という小説の中で、臓器移植のためのクローン人間として誕生した子どもたちが、役目を担って死んでいく様子を書いたカズオ・イシグロのような文学者なら、私に答えを投げてくれるだろうか？　残念ながら、私にはまだ落ち着いて文学作品を読めるような余裕がないが。「文学」という処方箋は、私のような病気の者にとっては「劇薬のようなもの」、効くかもしれないが、深刻な副作用があるかもしれない。

仕事が減って、暇な日がぽっかり現れるようになってきた。こういう時間の過ごし方が結構難しい。洗濯をする。お風呂に入る。掃除はできればしたくない。食事の支度は楽しい。

しかし、冷房が効かないので、とにかく暑い！　ブレーカーが落ちるので、私の部屋と同居人の部屋、両方同時に冷房をかけることができず、リモコンをやったりとったりして代わる代わる使っていた。その不調だった同居人の部屋の冷房が、突然リモコンをガンと叩くと猛然と動きだし、どんどん部屋が冷えるようになった。その代わりに私の部屋の冷房が効かなくなった。温度をすごく下げても、フィルターの掃除をしても、全然ダメである。

私の部屋も同居人の部屋も、ほとんど足の踏み場もないくらい散らかっている。同居人の部屋はとくに、海を越えて漂流してきた難民の乗っている舟のようだ。彼の寝ている場所、布団の残骸のようなものの場所へ到達するまで、足場が不安定でとても足を踏み出せない。

飲みかけのアイスコーヒーのペットボトルが数十本、吸い殻が山盛りの灰皿（火事にならないか心配。彼の寝間着には焼け焦げの穴が開き、火が出れば、周りは紙だらけなのでひとたまりもないだろう）、薬の袋の山、あとは、どこにもかしこにも不安定に積んである本・本・本。

そして手入れされずにしけっていく衣類の山、それらがそびえる山脈の奥に、テレビ受像機の一部が何とか見えている。

このゴミ屋敷状態に陥ってから、既にもう十年以上か。私の部屋も徐々に修復が難しくなってきている。精神保健福祉士に相談すると、「自分たちで何とかするか、あるいは同居人の精神障害者手帳を使って有償ボランティアの手を借りるか（私は手帳を持っていない）、あとは、それなりにお金を払って清掃業者に一切合財捨ててもらうか」だと言われた。

「どうするの？」と彼に聞いても、「いつか何とかする」と、か細い上の空の声で答えるばかり。彼はあまりに正直なので、やりたくないことを、強く「やる」と言うことすらできない。はたから見てもやるつもりのないのは丸わかりである。私も人のことは言えないが（その後、状況次第で同居人は素晴らしい働きをすることがわかった。それから転居して、環境は少しは公共的なものになった）。

私は、アルバイトでスーパーの総菜部に勤めているので、整理された環境で限られたものを扱うのは見よう見まねで何とかできるのだが、清潔に関する観念が人よりしっかりしているとはお世辞にも言い難く、むしろ真逆だ。

「衛生観念がなさすぎる、人と違いすぎる」とか、「不潔なので一緒にお風呂に入りたくない」

などと、以前の野外作業の同僚女性に言われたことがある。職場上、野外で汚れやすい環境にあったことは確かだが、一方的に苦情を言われ続けたことを覚えている。

これらのことが、私が統合失調症であることと関係があるのかないのかは、わからない。病気のせいにしておいた方が気が楽なのだが。あるいは、病気のせいで生活に余裕が持てないため、と言った方が当たっているかもしれない。本当は、こんなことも通院のときに相談したいのだが、まだそこまで到達しないのが現状だ。まだ、その前に話さなければならない、もっと困ったことがあるからだ。本当は、こうした日常の、人間関係以外のことでも困っているのだが（こんな情けない話で恐縮だが、読んでいただき感謝したい）。

私は日常会話が苦手である。私以外の人たちは、何かのルールにのっとって話しているような気がするが、私だけそのルールがわからない。こんな状態で人の中に放り込まれるのは恐怖である。泳ぎ方がわからないのに、水に放り込まれ続けているようで、とても苦痛だ。

だから、怖くて苦しくて、時に助けを求めたり（それができればまだまし）、少しエキセントリックに聞こえる発言をしてしまうかもしれない。けれど、私の内面的な心のあり方としては、それが自然なのだ。とにかくルールがわからない。

誰かに教えてもらいたいと思い、「スピーチセラピー」という、自閉症や吃音の方、子どもなどが通うレッスンルームに通っている。先生には専門外の私のようなケースにご無理を言って対応していただいている。先生との「話し合い」はとても緊張するが、とても楽しい。けれど、私の知りたいことは、いまだにわからない。親や兄弟とも会話やラインをやってはいるが、家族の中にいるときに発作を起こすことが多かった以前よりはまし……とはいえ、やはりまだよくわからないことも多い。

友達付き合いも最小限だ。時折、寂しく思うが、友達とは何だろう。一対一で付き合うのはとてもいいが、その関係が何人かの間に解き放たれると、もう恐ろしくてたまらない。こんな状態は異常なのだろうか？

何人かでの雑談が苦手である。それなのに、書きたいことがあって私がエッセイを発表している雑誌のサークルで、次の会の司会に指名されてしまった。

「前にやった時、ヘタでしたよねえ」

「さあ、覚えていない」指名する方は気楽なものである。

「こんな私でいいんですか？」

と、皆にその場で確認したところ、皆がいいと言うので、仕方なく引き受けたが、

「当日は助けてくださいね」

と、念を押した。

《どうなろうと、知りませんよ！》私は自分のことだけ考えてしまいそうである。しかし、自分のことを考えられるのが、他人のことを考えるための第一歩ではないだろうか？　けれど、自分と他人のあり方が著しく違っていたらどうなるのだろう？　サークルに出席して会の司会をしているときに、突然、この前仕事中に起こった、「閉じ込もり症」が襲ってきたらどうしよう？　不安は尽きない。けれど、一人で発信するスピーチは、事前に十分準備をしておけばOKだ。あとは人の話を聞く力、あまり深く内面に入り込んで同化せず、言葉の表面の意味をよくくみ取って、一般的な理解をするように心がけよう。認知障害があるので、できるかどうかわからないけれど。まだ、司会まで八か月くらいある。助けになるかわからないが、「聞く力」をつける練習をすればよいのではないか？　皆に安心して話してもらうためには？

わからないなりに、そんなことを考える。司会をさせるためのお世辞なのか、「あべさんは面白い」と、皆に言われた。私なりのユニークな視点を期待しているのだろうか？　そんな大したものは何も持っていないが、若干そういう面があるとすれば、多少はずれたことを言っても、皆気にしないだろうと思うことにした。病気をオープン（開示）にせず生活しているので、自分から参加しているサークル活動でも、苦手分野に入ると大変である。けれど、病気を抱えながらもこんな活動に参加できるのは、どちらかと言うと運がいいと思うことにする。《神様、当日は、どうか、お助けください！》

後日、サークルの定例会で司会をした私に、サークル長からのメールが入った。

「鮮やかな司会業、誠にありがとうございました！　歴代の司会者と比べてみても抜群の名司会ぶりでしたよ。会が大成功を収めたのは、あべさんの名司会のおかげです。時間配分をきちんと計算して、適宜スピーチへの合いの手を許し、最後にかなりの時間を余らせて、自由歓談のゆとりを持たせたのがとてもよかったです」と、短所をも長所に変える過分なお褒めの言葉をいただいた。とてもうれしかった。

「思いもかけないお褒めの言葉に預かり大変光栄ですが、自分では大幅に時間を余らせてしまい、いけなかったかな?と、反省しておりました。しかし、会の多彩な特技の持ち主の面々にかかっては、そんなことは問題にならず、談論風発で時間が過ぎて、ほっといたしました」と返信する。

とてもうれしかったが、二度はできないかも。また、この経験の機会を、統合失調症だからと言って断っていたら、こんなに褒められるという体験はできなかったかもしれない。日常会話が苦手だからといって、スピーチや司会も苦手と決めつけないで、努力すればできることもあるのだ。少しでも興味が湧いたら、チャレンジしてみるのも悪くないかもしれない。

四日間休みが続いた。あるきっかけで、ファンタジーの古典『ゲド戦記』（アーシュラ・K・ル＝グウィン著・清水真砂子翻訳、岩波書店、二〇〇六年）を全巻読破した。途中、なかなか読み進められずに困ったこともあったが、全巻読み終えると、全体的には、ほぼ面白かったと言える。とくに、主人公のゲドが大魔法使いで、大賢人と呼ばれる地位にありながら、テナーという元大巫女の女性の前では、一人の愛すべき男になっている点が面白い。ゲドは食事のあと、お茶碗を洗う。テナーの息子はテナーの育て方が悪く、その父親（テナーの初めの夫で死別した一般人の男性）に似て、男尊女卑でお茶碗など洗わないのである。図書館でヤングアダルト向けの棚にあったこの本に、こんなフェミニズムのエッセンスを期待できると思っていなかった。作者が女性ということも、当初は思ってもみなかった。

そして、日本の宮崎吾朗監督・脚本のアニメ、ジブリ作品『ゲド戦記』も鑑賞した。インターネットのよくない評判に反して、原作を踏まえれば、単純化や改変はしてあるが、なかなかよくできた作品になっていた。映像化も「竜」については不満だが、それ以外の風景や街や自然の描写はなかなかいいと思う。闘う対象としての「悪」に原作の深遠さはなく、ジブリの過去の作品に出てくるキャラクターの焼き直しで間に合わせている感が否めないが、焦点を遠くに合わせて観れば、大きく逸脱はしていないのではないだろうか。それにしても、この有名なファンタジー古典『ゲド戦記』を、半失業状態でも、完読できたのはよかった。何もかも手に入れることはできないけれど、数えてみれば、人は意外に形にならない財産や幸運を手にしているものだ。「常識」や「建前」に縛られて、それらが見えなくなってしまう現実生活。そこから一歩離れて、大切なものは何かを見直すことができるきっかけとしての「闘病生活」もまた、いいものだと思う今日この頃だ。

仕事をするだけでへとへとに疲れ果ててしまう。仕事をしないわけにはいかないけれど、仕事だけの人生はつまらない。けれども、人づきあいはストレスが多い。私にとっては、そここの人のように息抜きにはならないのが現状である。

では何をするか。ぽっかり空いた暇な時間に、途方もない焦りが侵入してくる。片っ端から電話できる人に電話する。相手はおそらく私の身の置き所がない気持ちには気付かない（と思う）。何気ない話をして切る。それを繰り返して十数人。ダイヤル履歴を見て、その人数の多さにびっくりした。どうして、話しても話しても満足しないのだろう。電話中毒、電話依存だ。

ほかにも依存しているものがある。占いだ。私は大の占い好き。しかしお金のかかるものはやりたくない。自分でタロットカードをめくったりもするが、とくに占いたいテーマもなく漠然と不安なときは、インターネットの「おみくじ」、または「タロット」を検索する。おみくじの検索は常連だ。出てくる無料のおみくじは、安心して引けるものが三つ、四つある。アトランダムな「Ｙａｈｏｏ！」の占い。それから、「京都伏見の眼力さん」の少々格調高いシビアな、しかし親身なおみくじ。「いこい乃神社」のおみくじは大吉が多く、おおらかだ。「能勢妙見山」の馬みくじは簡潔で、「上々」から「下」まであるが、「下」でも何らかの救いが書いてある。〝信頼する友〟の代わりに、眠る前、この四つくらいの「今日の運勢」を尋ねてみる。

不用意にネガティヴな言葉でこちらの傷つくことが書いてあったり、あいまいな表現でももやもやが残ったりするような、どっちつかずの表現のものは避けている。吉でも凶でも、誠意が感じられる言葉の書いてあるおみくじを選ぶ。インターネットのおみくじを読んで、その褒め言葉を味わったり、励ましを当てにしたり、また当たらないことは読み流し、忘れるようにすること。占いを、友達付き合いの代わりにすることは、決して褒められることではないけれども、生身の人相手の人付き合いが苦手な人には練習にならないこともない。ただし、あくまでインターネット上の情報なので、知らないうちに、頼りにしていたおみくじサイトが突然なくなることは覚悟しないと。生身の友達でも仲たがいしたり、連絡が途絶えたり、果ては亡くなって二度と会えなくなったりもするから、世の中は無常であることを観念していれば大丈夫だと思うけれど。占い依存も、考えようによっては、対人関係練習ツールにもなると思って、不安な気持ちが収まるまでの時間をやり過ごしている。

コミュニケーションの経験の遅れは、死ぬまでにいつか取り戻せればいい。私にはほかにできることもあるので、焦らないでいこう。ただ、できることも、ほかの人のようにたくさんはないし、その一つひとつの力が弱いような気はするけれど、人は人、自分は自分。こういう条件でならできるとか、この時間ならできるとか、限定条件付でもいいではないか。自分は心強い味方——どうせなら、頼りになる味方になってもらおう。

職場のスーパーで、仕事上の決まりを破る小さな不正をするとき、私の心は乱れに乱れる（出勤時間前に職場に入ってはいけないという決まりだが、時間通りだと作業がうまく進まないので、早く入りひそかに作業を進めておく時間外労働をしている。タイムカードを押さないで入るので、ただ働きとなるわけだが)。しかし、ほかの人を見ていると、そんな小さなことでは乱れない人が多い。

「善人なおもて往生をとぐ、いわんや悪人をや（善人でさえ救われるのだから、悪人はなおさら救われる、の意)」。この言葉はこういうときのためにあるのか。会社のために働いてその対価を請求しないのだから、「悪」とは言わないのではないかと思うが、会社の決め事を守らないのは、やはり「悪」だろうか（後日、私のルール違反行動と頑固さを見かねたパート頭さんが、私服ではなく作業着に着替えてから作業することを条件に、曜日によっては早く仕事を始めてもよいことにしてくれた。まさか解決法があるとは思わなかった。ありがたいことである！)。

また、時間を守るということに関しても、周囲との間に問題を感じる。

私はソーラーのデジタル電波時計を持っていて、それを見て秒単位で行動し、ひたすら遅れないようにと気を使っている。そんな私の行動を見て「息苦しいからやめてくれ」と言う人がいる。もともとは、鳥の調査の仕事に適応するために、秒単位で時間を計り、それを他の人の記録と擦り合わせていたことに端を発する。違う地点から同じ鳥を見て、何分何十秒から何分何十秒まで見た、と擦り合わせなければならなかった。時間に細かいのは、時間に遅れるよりいいと思うのだが、世の中いろんな人がいる。喫煙者と非喫煙者の攻防よりはましだろうか？

時間に関しては、統合失調症と関係があるのかないのかわからないが、それくらい許してもらえないだろうか？

自分のありのままの状況をオープンにして皆にわかるように説明し、共感や理解を得ることは難しいと感じる。できればひっそりと、さりげなく対応されて生きていたい、という気持ちもある。

人は皆、いろいろなのだから、そのいろいろな人が共存できるゆるやかな社会になればいいなあ、と思う今日この頃である。

最近、お世話になった方が亡くなられた。お通夜に伺ったが、こういう場で何を言っていいのかわからない。けれども、喪主の奥様と話すうち、

「（故人に）もっと頑張れと言われているような気がします」

「（故人を）忘れないでいてやってください」

などと、自然に会話することができた。

その方のプロフィールが映像で流れたが、お孫さんと交換日記をするなど、ほほえましい人柄に、ほっと息がつけた。そして、その方の最後の言葉は、私に対しての、あるメッセージに

も受け取れた。

　私は私なりの言葉の感じ方で生きていて、その受け取り方や感受性が人とかけ離れていたとしても、その感じ方によって、私が「生き生きと」生きているのだから、よしとしてきた。人と比べて足りない部分があるとしても、それは私の人生を通じて、徐々にゆっくりと付け足されていくのだろう。

「私の無分別ゆえに、思いがけず傷つけた方もあるかもしれません。その方々への詫び状でもあります」。

　これが、その方の最後の言葉――やさしい言葉と私は受け取った。その方を傷つけたのは私だと（誤解して）思っている。その私にも届く、やさしい言葉だった。


　五十代も後半になってくると、世間的にも、いろいろな役割が求められる。私の見た目は、年相応というよりは、随分若く見られることもあり、年齢不詳のこともあるが、発達障害的な私の「内容」を考えると、若く見られてちょうどいいような気がしている。長女にありがちな「勝気」でも「世話焼き」でもないため、他の兄弟に面倒を見られる役のことも多く、それはある程度仕方がないけれど、他のシチュエーションでは、私はいろいろな役ができる。最近ようやく、家族のそれぞれが何を言っているのか、どういう性格なのか、自分が脅かされることなく観察できるようになってきた。これまでに私は、家族の濃密な人間関係から外に出る必要があり、また、この世間のどこかに、棲みかを見つける必要があった。家族から見ると、どんどん離れていき、危なっかしいように見えていたかもしれないが、私にとっては、必要な距離をとる作業の一環だった。

「私だけの世界」をつくるのに、随分と時間がかかった。たいがいやりたいと思ったことは先にやっている人がいて、それも身近なところに競争者がいたりすると、やる気が出るというよりも、失った。以前の私は、それほど「ひ弱で」「プライドだけは高く」「臆病」だった。劣等感の塊だったし、感じて当然の感情も自分の中で押し殺していた。感じることを自分に禁じているような状態だった。

それが、野外の環境調査で自然の中に解き放たれると、自由を感じるようになった。規律のある時間の制約の中で、季節ごとの自然の変化を感じる生活の中で、何をしたらいいのか、何がしたいのか、わかってきた。おなかがすいているのか、トイレに行きたいのか、歩き回りたいのか、温まりたいのか、涼みたいのか。もちろん、これは、人間関係の構築とか、そういうレベルにまで到達する以前の欲求の確認にすぎないけれど、まず自分の欲求を知ることからはじめてみてもいいのではないか。統合失調症は、感覚が混乱しやすいので、感じ方をよりシンプルにしていくと、調子が整っていくような気がする。

第七章　仲間と社会

春になる季節は心が騒ぐが、この時期は調子を崩す仲間も多い。私の闘病は三十数年も孤独で、今も孤独だが、仲間と出会う経験もそれなりにあった。

ある福祉事業所で、ＳＳＴ（ソーシャル・スキルズ・トレーニング――場面ごとにこんなときどう言ったらいいか、グループで考え練習すること）をやっていたので参加した。同じ統合失調症の仲間が、才能豊かでありながら、本当にさまざまなことで悩み、病気と共存し、家族に助けられながらも、多くの場合、逆に家族の面倒をみたり、支えたりしながら、生活を送っていることを知った。

同じ病の人たちは、何か深く人生の秘密を知っているようだった。人の心を察知するのにとても長けている人もいた。その表現の仕方が普通とは違っているだけなのだ。強い正義感を持った人、リーダーの素質がある人、ムードメイカー、事業所の協力で施設内でアクセサリー作家となった人もいた。私は深く共感した。けれども皆、精神的には私同様、安定しないようだった。私も仕事が忙しくなり、いつのまにか通わなくなった事業所だが、そこでも私は、同じ病の人と比べても、やはり「何か」ができないままだった。あるところの会話はできるが、何か特定の範囲のことがまるで表現できないのだ。月が半月のままでどうしても満月にならないような。たたかれて、「痛い！　やめて！」と言えないとか、そんなことだろうか。欠けているところを伸ばすのは今後の課題だが、あまり神経質になるまい。

最近、友人が「うつ病」で障害者手帳を取得し、障害年金をもらっていることを知って、遅まきながら年金の申請をしてみようか、と考えた。しかし、発病から既に三十五年はたっている。奇蹟的に初診のカルテが残っていて、初めて受診した日にちはわかったが、その後の受診記録は十五年より以前のものは、転々と変わった精神科のそれぞれに問い合わせてもまったくわからない。以前通っていたメンタルクリニックのドクターは、「申請が通って年金がもらえなければ意味がない」という意見だったし、いったんは病歴を振り返ることも意味があると考えたが、現時点では、病状申立書を何枚も書くのはあまりにも大変に感じる。それをやるくらいなら、ゆっくり体を休めたい。働いて得ている金額から算定しても、年金は無支給になる確率が高い。

その一方で、確定申告で明らかになった私の年収に、「そんなに少ないの？」と、母は言う。郷里の実家で不自由のない生活の母には、実感としてわからないかもしれない。フリーランスの環境調査員として、十か所以上から現場作業や内職の仕事をもらい、時には商業雑誌にコラムを執筆して、わずかな原稿料をもらいながら暮らしている私の現実が（もちろんどれもお金のためだけではなく、自分の心の満足や健康を保つためにやっていることもある）。実家から金銭の援助を受けてはいるが、必要な支えをすべて実家に頼っているわけでもない。事情がわからないのはお互い様なので、援助は心底ありがたいと思う。けれども、必要なだけのコミュニケーションができているとは言えないのが実情だ（その後状況は改善し、実家とは良好なやりとりができるようになってきている）。

私が精神病を発症した十八歳当時、私は自分が精神病であるに違いない、と思ってはいたが、病名は「軽うつ症状」くらいで、決定的な病名はついていなかった。しかし、とにかく、精神科病院に入院させられることだけは絶対に嫌だった。折しも、一九八四年に宇都宮病院事件が起こり、「助けてください」と書いた紙ヒコーキを患者が鉄格子の中から外へ飛ばしている、という新聞報道があった。患者が病院側の人間によって、働かされ殺され、ひどい目にあっていた。

　そんな時、週刊誌で「精神病院を廃絶した」イタリアのことを知った。精神病院の跡地に患者が集う、イタリアのトリエステに行きたい！　単純にそう思った。そこで私は、「エクスプレス・イタリア語」という教材を買って勉強し、片言のイタリア語を話すことを試みた。事前に週刊紙の記事を書いた群馬県の精神科医、手林（てばやし）佳正（よしまさ）医師に東京で会い、イタリアのトリエステのどこを訪ねたらいいか聞いた。何という行動力だろう！　どうやって手林医師と連絡を取ったのか今は覚えていないし、考えられない（出版社に連絡をとってもらったのだと思う）。その頃の私は病名もついていなかったし、病気にはとても見えなかっただろうと思う。

　そして、大学時代の友人と二人、一九八八年の九月十五日に東京を発ち、パリへ向かった。フランスのニース、ヴィルフランシュへ泊まった後に、イタリアのヴェネチアに入り一泊した後、友人と別れて一人トリエステに向かった。その旅の中で、友人が男性と仲良くなるのを見ると、〈心がねじ曲がる〉と日記に書き残している。その頃はまだ異性に対して根強いコンプレックスを持っていた。

トリエステでは、民宿のような、普通の家の一室に泊めてもらい（窓から教会の鐘楼が見えた）、駅弁のパンを三回に分けて食べながら、市民の人たちが利用するプールと同じ場所にある精神病院跡地へ向かった。

そこで、ジュゼッペ・デルアックアという、バルコラ精神保健センターの所長に会った。「私は患者です！」と自己紹介をすると、「そいつぁ、おもしろい」という答え。「どんな活動をしているの？」と聞かれたので、「病気の友人と文通しています」と答えた。会話はそれだけで、私は患者とみなされなかったようだ。患者が外国旅行してわざわざ来るとは思っていなかったのかもしれない（今から思い返しても、この時はお金も時間も知力も体力もある程度あった）。デルアックア氏は私に、スウェーデン人のボランティアの人に付いていくようにと言った。

皆で給食センターへ行った。そこに置いてあったピアノで『エリーゼのために』を弾いた。「これはイタリアの煙草だよ」と勧めてくれる人。「働いているんですか？」と聞くと、「働く？そんなことはとっくの昔にやめちまったぜ！」という人。若者同士のグループで車に同乗し、泊まっている民宿まで送ってもらった。イタリア人男性に狙われていた気がするが、女性が間に入って守ってくれた。〈イタリア人に世話になった〉と、その日の日記にはそう書いてある。

日本でつらい目にあったらイタリアに行けばいいや！　たとえ精神病でも決して閉じ込められたくない！　唐突に思い立って実行した若い日の破天荒な行動の経験は、愚かしいかもしれないが、今でもひそかな私の心の支えの一つとなっている。

コラム　イタリア記・覚書

〈働くこと〉

精神病を抱えた人々は、病であるがゆえに、働く機会を得ることはかなり難しいが、健常者よりも、もっと働くことの価値が大きいと思う。いろいろな生活の場面で自信を失うことが多い病者にとって、社会に自分の役割を認められることは自信喪失の回復になる。社会に出ることは、どんな形でも意味があると思う。そして、どんなにわずかでも、働いてその対価を得ることは、その人の力になると思う。

〈入院〉

入院することがいいことなのか、悪いことなのか、私にはわからない。一概に言えないし、その時の状況や環境にもよると思う。しかし、急性期にはどうしても入院が必要な場合もあるだろう。閉じ込められるのが極端に嫌いな私は、「入院させられてたまるか！」という気持ちでひたすら頑張ってきたことは事実で、そのことは私の努力の原動力になった。フランコ・バザーリアという人のことを知ったのも大きな力になった。

〈イタリア〉

一九七八年、イタリアで法律一八〇号（バザーリア法）が制定され、新規の精神病院の建設と新規入院が禁止された。イタリア共産党が政権を取った際に通った法律と、『自由こそ治療だ―イタリア精神病院解体のレポート―』（ジル・シュミット著、半田文穂訳、悠久書房、一九八五年刊）を読んで知ったと記憶している。ここから二十年以上の歳月をかけて、イタリアでは公立の精神病院が全部閉鎖され廃絶に向かった。

私が二十代の終わり、一九八八年に訪れたイタリアの旧ユーゴスラビアとの国境の町、トリエステは、その精神病院廃絶の運動の発祥となった場所である。病院跡地には、市民に開かれたプールがあり、誰でも無料で利用できる給食施設があり、患者による演劇・音楽などが行われ、あらゆる文化活動の拠点となっていた。世界各国から見学者が訪れ（二十代の私もかろうじてその一人だった）、イタリアの先進的な運動の精神を学ぼうと人々が集まっていた。病院跡地の施設にとどまっている患者（オスピテ＝客人）と私は、片言のイタリア語と英語で話をした。

〈回想〉

小さい時から、私の劣等感は深く、人といても居心地の悪さが常につきまとった。私の深い劣等意識がどこから来るのか、私にはまったくわからなかった。統合失調症、または広汎性発達障害の症例を見聞きするにつけ、また、実社会に出て、自分が集団の中でどう位置づけられるかを複数のグループ内で経験して、少しずつ納得してきた。私は、得意なことと不得意なことの差が著しかった。それはどうしてなのかを知ることになったのは、ずっと後になってからだった。

ここ十数年、私は「病者であること」を核に、自分を保ってきた。これは、日本の北海道の浦河にある、精神障害などを抱えた当事者施設、「べてるの家」の当事者研究の精神にも通じるものがある（『悩む力　べてるの家の人々』（二〇〇一年）、『治りませんように　べてるの家のいま』（二〇一〇年）ともに斉藤道雄著、みすず書房）。そこでは、昆布の製品化、販売などの経済活動とともに、病者が自らの病気を核にして、自分でものを考えるための場所づくりが工夫されている。

私の生活の状態はかなり改善し、職種を選んではいるが何とか働けているし、これからは、「病者」としての私を社会に押し出したいという気持ちを表現するだけでなく、「労働者」としての私、「生活者」としての私を、人々との接点にしていけるのではないかと考えている。

けれども、「病者」としての経験は、今となっては、誰でもが持ち得るわけではない私のかけがえのない「宝」である。皮肉なことでもあるが、「増え続ける」仲間と共に歩むこともまた、大切な私の歩みである。家庭的な事情、家庭が社会に置かれた事情から、出来が悪くてもそれを表沙汰にされない不自由があり、出来が悪い者に対する世間の厳しさも優しさも体験できなかった。その場所から、自らの位置を「ずらす」ことを実現した私は、バザーリアの「脱施設化」や「脱制度化」の試みを、違う形でしかも個性的な形で実現したのだと、少しばかり、工夫をした自分を褒めたくなる。

バザーリアは、「精神病者とは、国家と社会的に関わり合う権利を持たない、後見された存在である」と言っている。この権利を回復するために、トリエステの精神科医は二つの決定的な手段をとる。それは、強制入院に反対する闘争と、病院に「客人（オスピテ）」という地位を導入し、患者が望めばそこに居場所を確保できるというシステムだ。つまり、①患者を管理することをやめること、②患者を放り出してしまうのをやめること、だ。そして、そこには患者が置かれている町（地域）の中で患者を支えることにエネルギーを注ぐスタッフたちがいたという。

現在日本の精神医療の現場でこのようなことができているのか？　私はつぶさに知るすべがなく、医療とつながりながらも我流の治療法で自ら生きてきたが、トリエステでの活動の精神と、中身は同じことを目指していた。「地域と触れあうことなく、閉鎖病棟で監禁されたくない！」「閉じ込められるのも、見放されるのもイヤだ！」という、人間として当然の権利を回復するために、患者は闘わなければならない。

世界的な精神医療の流れの中で、日本の精神医療も変わってきている。「病院から地域へ」という地域移行の動きもある。けれども、重要なことは、患者がどのように自由を感じながら、将来を主体的に生きていくことができるか、ということだ。日本の風土の中での特徴もある。病院敷地内に囲い込むのではなく、患者が自由に環境を選んで利用できることが望ましいが、その実現の過程ではいろいろな工夫が必要だ。

幸い、私は、現にある社会的な環境を利用して生きてこられた。それは、「失敗の歴史から始めるのではなく、知人の少ない新たな土地で新天地をめざしたこと」「ハードルを低くし、それまでの生き方からは一見自分に合っていないと思われる職業にあえて飛び込むことで、誰をも恨まず、謙虚な気持ちで努力することができたこと」による。人との関わりが少なく、競争の少ない環境で、自分の苦手な状況からストレスをまねかないように、マイペースを守って努力できる職場を選んだ。リストラされないよう、そこに人手がないと成り立たない状況での仕事を選んだ。情報化社会の歯車にはなれないので、ならずにすむシンプルな働き方を考えた。

それでも、現実の社会の風は厳しいものがある。その厳しい風を厳しいまま感じることができているのは、まだ大丈夫ということであろう。

病者が健全に社会参加するのは難しい。はっきり言って、友達付き合いすら難しい。自らを人間の枠に入れて考えるのさえ難しいこともある。なので余計に、病者の権利を主張することは重要になってくる。病者にとっては、誇りをもつことが、健常者以上に重要なのである。

隔週ごとの精神科クリニックの通院のために、この二週間はどんな調子だったか、振り返る習慣がついた。

同居人と暮らす部屋の壊れたエアコンを交換してもらい、契約電力数も上げて、エアコンを二台使っても大丈夫な環境を確保した。卓上ミニの扇風機も買い、眠る時はタイマーをかけて、扇風機の風で眠っている。猛暑で、熱中症で亡くなる人も増えている。何だかあっけなく人が亡くなるので、もしかして、死にたい向きには、熱中症はいい自殺方法かも、なんて不謹慎にも考えるが、やはり、あともう少しは、生きていたい。

集中豪雨などの自然災害で、被災した地域のことを考える。私の両親はかなりエゴが発達した人たちだが、それでも、いやそれだからこそか、ある面ではいつも、「人のためになること」を考えて実践することをよしとしていた。そんな中で、いつも自分自身の心持ちにかまけている私を、彼らはふがいなく思っていただろう。けれども、今になって私にはわかる。もう少し早く、彼らが私の身になって温かく寄り添ってくれていたなら、私はもっと早く彼らの理想に近づいていただろうし、自分のことだけでなく他人のことも考えられるようになっていただろう。過去は変えられないし、ないものねだりとはわかっているが。今現在、高齢となった両親の精いっぱいの深い細やかな愛情に感謝しよう。

報道で、社会的犯罪を起こすに至ってしまった、孤独な精神の持ち主のことを目にするにつけ、心の問題の影響力はほんとうに大きいのだと身に染みる。私は、病的に孤独で、犯罪を起こしかねないスレスレの精神状況を何とか持ちこたえた体験を、同じような悲惨な状況に陥りそうな人々に対して、「開いて」いきたいと思っている。こんな私の、こんな体験でも、何かの役にたつかもしれないと思うだけで、もうちょっとの間、生きていてもいいと思える気がする。また、私自身の精いっぱいの「働く時間」以外の人生も、次に開けるかもしれないので、それは自分への時間のプレゼントとして未来に期待したい。

また、多くの人が、どんな時間割で生活しているのかを知るのも、心の安らぎ場所を探すのに役立つかもしれない。勤め人の多くが週休二日制で土日が休みなわけで、一週間の仕事が終わったくつろぎの時間に放映されるテレビ番組は、その時の多くの人の気分に合ったものだろう。そんなことは当たり前だと思われるかもしれないが、病気によって人と違う時間の流れに入ってしまうと、そんなことにも気付けなくなることがある。私は比較的平日休みが多く、土日はスーパーで働いているので、世間の多くの人と逆である。平日休みがとれることは、お役所に用事があるときなどには便利だが、人と休みが合わないので、プライベートの予定を合わせるのに苦労する。もちろん、美容師さんには美容師さんの休みがあるだろうし、デパートで働いている人も平日が休みだろうから、いろいろである。

会社を立ち上げている人は、時間を自分でやりくりしなくてはいけない立場の典型である。私はフリーで環境調査の仕事、パートでスーパーの仕事をしているので、その二つの仕事を調整していくのだけでも大変だと感じるが、自分の人生を自分で進めていくにあたり、ある程度予定を自分で決めることができるので、生活が安定してきた。フリーにはフリーの、季節労働者には季節労働者の、時間割があるのである。もちろん、病気が時間割を乱すことがある。それは、その時その時で対処すればいい。ただ、余裕のある時間割を設定することが大切だと思う。また、学校時代のように、皆が同じ時間割で生きている感覚を持たなくなった今では、少数派としての自由と不自由を感じるが、それを与えられたものとして感じていられることを幸せだと思う。世間の人が生きている時間と、何か違った時間を生きていると感じられるようになったら、それは、特別な自由と不自由が与えられたのだと思って、我が道を行けばよい。

統合失調症になるほどのある種の「才能」を持って生まれてきた者にとって、「普通になること」はとても大変だ。「普通ではない」第六感によって物事の真実を見極める力が備わっており、そのことでとても苦しい思いをするかもしれないが、そのために「普通以上に」深く人生を味わうことができる。私に与えられた人生の時間の中でそのことが徐々にわかってきた。それは試行錯誤の傷だらけの自らの人生経験とともに、社会のそこここで同じように苦労して生きてきた仲間と出会う機会があったことも大きな一因だ。自分ひとりでは、この病者特有のある種の「才能」に気付くのが難しかったかもしれない。

たとえば、モンシロチョウは人間の見えない紫外線を見る力がある。モンシロチョウはその視力によって、つがい相手の性別を見分けているという。統合失調症の人の感覚器官は、時に混乱を呈しながらも、この可視領域が広いモンシロチョウの例に似た感覚の領域の「広がり」を持っているような気がする。もちろん、言葉というものを介在させる人間のありようはモンシロチョウよりも、複雑にならざるを得ない部分があるが。

普通の人とどこが違うのかというと、「第六感がすぐれている」という以上にうまく表現できないが、なかには、その第六感の広さを、言葉に乗せて表現できるようになって、それを人間関係や個人的活動に生かしている人もいるように思う。

仲間とはともに歩むことが簡単ではないながらも、残りの人生、それぞれの道を誇りを持って歩んでいけたら、と思う（人生のさまざまな局面で自信を喪失しやすい病者にとって、誇りを持つことが「普通以上に」大切だ）。

「力を尽くして狭き門から入れ」（困難であっても多数派に迎合せず救いに至る生き方のたと

え――『新約聖書・マタイ福音書』）という言葉もある。あなたを苦しめるあなた自身の素質が、あなたの歩いていく道を定めるのに役立ち、細く長い道まで導いてくれるかもしれない。たとえマイノリティであっても、それだからこそ、自分らしく生きのびる道はきっとある。病に翻弄され、十分に力を尽くしているので、すでにして病者は狭き門から抵抗なく肩の力を抜いてするりと入る資格を持っているのではないだろうか。

私は、統合失調症という病気を通じて、我が道を行けばいいのだということがわかってきた。この人生を他の人の人生と取り換えたいとは思わないし、病気は病気なりに気付けたこともあり、寄り道は単なる無駄な時間では決してなく、これからの私を作る礎になってくれると信じている。病気ゆえにできなかったことを数え上げることはせず、病気ゆえにできたこと、わかること、味わえることを生活の礎にして、笑って、自由に生きていきたい。

いろはかるた（統合失調症のやりすごし方）

い

いろいろあって大変だ
依存の対象は安全なものに
↓聞いてもらえる相手は大切に。電話・メール・葉書・手紙・音楽鑑賞など。

ろ

論より睡眠
↓三日眠れないことはめったにない。

は

働く場所は新しい自分探しの場
↓お金をもらって教育を受けていると考えるとすごい。

に

苦手なことはなるべくしない職場を見つける
↓辞めないで続けるにはどうしたらいいかを考える。

ほ

ほめられたらうれしい
↓欲しい言葉をもらうには？　トライ&エラー。

へ

へんだと思った感覚、大切に
↓体調・気分に気付くのは大切。

と

都会は舞台、隠れ場所も見つけよう
↓自分を出して活躍できる場と、休む場が両方必要。

ち

チャンスは次を待つこともできる
↓答えはひとつではない。次の発言のチャンスを待つことができるように。

り

理解者を増やす
↓味方を探す。

ぬきんでることを恐れずに
早食いでも部屋を散らかすことでも
↓何かで目立ってしまいがち。それがほめられないことでも、ありのままを認めて謙虚でいよう。

る

流浪の民に手助けする人あり
↓世間には意外と助けてくれる人がいるものだ。

を

をくればせながら新鮮な気持ちで
↓病気のせいで学べなかったことを、をくればせながら知っていこう。

わ

わからないことを聞ける人を探す
↓味方を探す。

か

からだを使って疲れて眠ろう。

↓昼と夜を上手に使い分けよう。

よ

予知夢・第六感、悪くない

↓普通と違っていても、真実を察知する能力はすぐれているところもある。

た

太陽光にあたろう

↓日中に太陽光を浴びてセロトニンをつくっておくと、一日快適、快眠できる。

れ

連絡しながら仕事しよう

↓遅刻・早退・体調不良、あきらめてそのつど連絡しよう。

そ

相談しながら仕事しよう

↓職場に相談できる人がいれば乗り切れることもある。

つ

強みと弱み、両方味わおう
↓弱みがあってもいいじゃない。自分でも期待していない愛されポイントになるかも。

ね

眠る時間を確保しよう
↓二十二時〜六時はゴールデンタイム。この時間帯に眠ると効果的。自分に必要な睡眠時間を知る。

な

仲間をほどほどに意識
↓同じ病気の人とも必要な距離を取ることが大切。共倒れにならないよう気を配ろう。

ら

楽に息ができたらＯＫ
↓呼吸を整えるだけで乗り切れることも。

む

村八分は時を待とう
↓孤立しがち。淡々と様子を見ていると状況が変化。

う

うぬぼれてもいいじゃない、でも気をつけて
↓ほめられることが少なくなりがちなので、ちょっとうぬぼれるくらいがいいかも。
でも人の目には気をつけて。

ゐ

ゐふくに注意、できたらね
↓衣服外見に注意。そこまでできたら、大丈夫。

の

のんびりできる場大切に
↓温泉、ひとりの部屋、カフェ、屋外など。

お

お金を稼いで回復を助ける
↓お金を稼ぐだけが目的にならないように。

ふ け ま や く

悔しい気持ちを力に
↓人生のスパイス。振りかけるとまた違った味わい。

やるべきことをやると好きなことができる
↓早めにやれば、やりたいことをやる時間中心にだんだんシフトしてゆける。

負けても負けない
↓命があれば勝ち。生きてるだけでもうけもの。

現実を認める
↓そこからすべてが始まる。

太るからレコーディングダイエット（食べたものを記録してみる）
↓統合失調症の薬は、太りやすく糖尿病にもなりやすい。自分にあった無理のないダイエット法を。

こ

「これならできる」形に変えてみよう
↓できないことも、できる形に変えることができる場合も。

え

笑顔は自然に
↓無理して笑わなくてもいい。

て

電話でＳＯＳもＯＫ
↓まず気持ちを落ち着けて、解決法を探す。

あ

挨拶はする、それ以上はいらない
↓興味ある話題で入ってみることも可。

さ

先に休む
↓先に休むくらいが回復がはやい。

き
聞いてもらえる相手は大切に
↓お互い様。相手に負担をかけすぎないように。

ゆ
勇気を持って断る
↓「断ったら天変地異が起こる」わけではない。

め
目覚ましは三回かける
↓起床時、その二分後（ちょうど眠い）、出発時。

み
見る楽しみ、知る楽しみ
見栄えがよくなくてもいいものはいい
↓心の眼で見ると大切なものがわかるかも。

し
自分は心強い味方
↓じっくりつきあおう。

ゑ

映画・TVはヒント集
↓ドラマの筋がわからなくても、生活のヒントは拾える。

ひ

非常事態、無理せず休む
↓天がくれた贈り物。

も

ものごとの余白を楽しもう
↓病気だから見える景色もある。

せ

世間向きの看板を用意する
↓世間とは付かず離れず。看板の陰で一服できる。

す

睡眠・食事・ボーッとする
↓元気になるための三大要素。

運動はやりすぎないように
↓必要だけれど、ついやり過ぎると疲れる。

あとがき

最後になりましたが、この本を出版するにあたって、普通期待できないようなところまで、病者の立場に立って、丁寧に対応していただき大変お世話になったラグーナ出版の方々、ミニコミ誌上に初出の文章を連載してくださり毎回素敵な激励の言葉をいただいた誌代表、代表とともに多くのご助言をいただいた方、ＳＯＳ電話での私の拙い言葉を丹念に聞き取って整理してくださった方、そして長くつらい日々を含めて今まで支えてくれた家族や友人、同居の方々、またその他さまざまな局面でお世話になった方々に深く感謝したいと思います。とりわけ、病名を打ち明けても終始変わらない友情を持ってさりげなく対応してくださった方々に、感謝申し上げます。クローズで働く孤独感を強調するあまり、随分勝手なことを書きつづったことをお詫びするとともに、この本がどうか孤独な人のところへ届きますように、と願って筆をおきます。

令和二年七月

あべ・レギーネ

■著者プロフィール

あべ・レギーネ

1961年、日本生まれ。18歳から心身不調。その中で上京、再度上京、懲りずに再三上京。職を転々とする。2000年に統合失調症の診断を受け、クローズで働く。鳥（バードウォッチング）との出会いで人生好転。スーパーマーケットでパートのかたわら、ぼーっと仕事をしている。趣味はおみくじ・タロット占い。

ぼーっとすると、よく見える
——統合失調症クローズの生き方

二〇二〇年十月七日　第一刷発行

著　者　あべ・レギーネ
発行者　川畑善博
発行所　株式会社 ラグーナ出版
〒八九二－〇八四七
鹿児島市西千石町三－二六－三F
電話 〇九九－二一九－九七五〇
URL https://lagunapublishing.co.jp/
e-mail info@lagunapublishing.co.jp

印刷・製本　シナノ書籍印刷株式会社
定価はカバーに表示しています
乱丁・落丁はお取り替えします
ISBN978-4-904380-97-0 C0095